LAISHI DE LU
来时的路
亲历者讲述红色故事

井冈山斗争

谭震林 等◎著

牛胜启 林树峰 丁 伟◎编

中国文史出版社

图书在版编目（CIP）数据

井冈山斗争／谭震林等著；牛胜启，林树峰，丁伟编 . -- 北京：中国文史出版社，2024.7. --（来时的路：亲历者讲述红色故事／朱冬生主编）. -- ISBN 978 - 7 - 5205 - 4725 - 3

Ⅰ. I251

中国国家版本馆 CIP 数据核字第 202484RE45 号

责任编辑：金　硕

出版发行：中国文史出版社
社　　址：北京市海淀区西八里庄路 69 号　　邮编：100142
电　　话：010 - 81136606/6602/6603/6642（发行部）
传　　真：010 - 81136655
印　　装：廊坊市海涛印刷有限公司
经　　销：全国新华书店
开　　本：700mm × 1000mm　1/16
印　　张：16.25
字　　数：155 千字
版　　次：2025 年 1 月北京第 1 版
印　　次：2025 年 1 月第 1 次印刷
定　　价：72.00 元

丛书编委会

- -

出版说明

选题缘起

一是贯彻落实习近平总书记提出的"要讲好党的故事、革命的故事、根据地的故事、英雄和烈士的故事,加强革命传统教育、爱国主义教育、青少年思想道德教育,把红色基因传承好,确保红色江山永不变色"重要指示精神,深入挖掘红色资源,丰富精神宝库。"采取青少年喜闻乐见、易于接受的形式",讲好"四个故事"、加强"三个教育",以高度的历史自觉培育有理想、有本领、有担当的时代新人。抚今追昔、鉴往知来,不忘初心、牢记使命,始终牢记"我们走得再远都不能忘记来时的路",让信仰之火熊熊不息。

二是引导人们树立正确的历史观。中国共产党百年非凡奋斗历程为我们留下了丰厚的精神遗产,随着时间的推移,现阶段人们尤其是年青一代对当年那一段血与火的历史已渐感陌生；网络时代媒体传播的多元化，极大丰富了人们的信息资源，但在一定程度上也干扰了人们对历史的正确认知，特别是关于党史和军史，存在不准确甚至不正确的史料传播。本丛书旨在通过收集和整理史料，让历史说话，用史实发言，为人们树立正确历史观提供翔实资料。

三是文史资料再开发的尝试。现存的权威军史资料大都时日已长，为防止宝贵的红色资源湮没在历史尘埃中，迫切需要对其进行深度挖掘、梳理整合，以"亲历、亲见、亲闻"的"三亲"史料的形式，让红色资源以新的体系、新的样态呈现在世人面前，更好地发挥教育功能。

编选原则

一是坚持正确的政治立场。牢牢坚持党性原则，牢牢坚持马克思主义新闻观，牢牢坚持正确舆论导向，牢牢坚持正面宣传为主。

二是主题鲜明。丛书反映了中国共产党团结带领中国人民，以"为有牺牲多壮志，敢教日月换新天"的大无畏气概，书写了中华民族几千年历史上最恢宏的史诗；展现了坚持真理、坚守理想，践行初心、担当使命，不怕牺牲、英勇斗争，对党忠诚、不负人民的伟大建党精神。

三是史料权威。丛书内容来源于《中国人民解放军历史资料丛书》《中国抗日战争军事史料丛书》《中国工农红军长征史料丛书》所收录的文章及老一辈革命家的回忆录等。涉及党内路线斗争的题材概不收入；涉及犯有重大错误的人员的情况只做客观描述，不做评述；理论性较强，不便于一般读者理解的文章慎重选录。

四是注重"三亲"性。所选文章紧扣"亲历、亲见、亲闻"的特点，内容感人至深、思想丰富深刻、语言通俗易懂，为加强红色资源的故事化提供生动范例，做到知识灌输与情感培养并举。

卷册专题划分

一是在纵向上按照中国革命的历史进程，讲述了土地革命战争时期、抗日战争时期、解放战争时期及新中国成立初期的党史和军史故事。

二是在横向上各个历史时期再按区域或按部队序列进行分述。如土地革命战争时期的各地武装起义，按照当年武装起义比较集中的地区，如湘赣、湘鄂西、鄂豫皖、苏浙闽沪、陕甘等分别编辑成册。抗日战争时期，按照八路军第一一五师、第一二〇师、第一二九师、新四军、华南抗日游击队、东北抗日联军等分别编辑成册。解放战争时期，按照第一、第二、第三、第四野战军和华北军区部队，以及剿匪斗争、策动国民党军起义投诚等分别编辑成册。后勤工作、军队院校等特殊领域,单独成册。

囿于文史资料的自身特点,作者个人身份立场、视野角度不同,一些人撰稿时年事已高、事隔经年,记忆恐有偏差,细节难求完全准确,有意偏重或弱化亦难避免。对此,我们力求维持原貌,体现多说并存,只对一些显而易见的讹误进行了谨慎订正。诚然如此,由于我们能力水平和主客观条件的限制,难免有疏漏之处,恳请广大读者批评指正!

编　者

2024 年 6 月

本
书
提
要

　　大革命失败后，在全党寻找中国革命新道路而进行的艰苦探索中，毛泽东同志率领湘赣边界秋收起义部队上井冈山，在条件十分艰苦、国民党军队反复进攻和严密封锁、军民面临的处境极为困难的情况下，不畏强敌、不畏艰难，开展工农武装割据、进行创建革命根据地的斗争，代表了中国革命发展的正确方向。从进攻大城市转为向农村进军，是中国革命具有决定意义的新起点。1928 年 2 月中旬，工农革命军打破江西国民党军队对井冈山地区的第一次"进剿"，初步建立井冈山根据地。在创建井冈山根据地的斗争中，毛泽东同志尤其重视军队建设，除了规定部队必须执行打仗消灭敌人、打土豪筹款子、做群众工作外，还总结出三大纪律、六项注意，体现了人民军队的本质，对于加强人民军队建设、正确处理军队内部的关系特别是军民之间的关系、瓦解敌军等，都起了重大作用。本书收录的文章主要围绕红军初创时期中央红军开展游击战争、创建革命根据地展开，涉及中央红军创立、发展的光辉历程，以及发展革命力量、建立苏维埃政权、动员发动群众的实践探索，展现了红军广大指战员在异常艰苦的战争环境下坚守信仰、勇猛顽强、英勇善战的斗争精神。

目 录

2

真正的英雄[*]

粟 裕

自从蒋介石、汪精卫相继叛变革命以后，乌云笼罩着天空，全国一片白色恐怖，反革命势力无比猖獗。在这黑暗重重、前途茫茫的严峻时刻，我们这支南昌起义保存下来的部队，在江西境内，赣南山区，边打边走。

我们从武平经筠门岭、寻乌、安远、三南（定南、龙南、全南）等县境，向信丰以西的大庾岭山区挺进。部队在孤立无援和长途跋涉中，困难愈来愈多，情况也愈来愈严重。我们虽然摆脱了国民党反动派的重兵追击，但一路上经常遇到地主武装、反动民团及土匪的袭击和骚扰，特别是三南地区地主土围子和炮楼很多，不断给我们造成威胁和损耗。为了防备地主民团的袭击和追踪，我们有意避开大道和城镇，专在山谷小道上穿行，在山林中宿营。此时已是十月

* 本文选自《粟裕回忆录》，解放军出版社 2007 年版，收录时做了适当修改。

天气，山区的气温低，寒冷、饥饿纠缠着我们，痢疾、疟疾一类流行病折磨着我们。更重要的是，大革命失败之后，全国革命处于低潮，南昌起义军主力又在潮汕遭到失败。在这种情况下，革命的前途究竟如何？武装斗争的道路是否还能坚持？我们这支孤立无援的部队，究竟走向何处？这些问题，急切地摆在每个起义战士面前。

严酷的斗争现实，无情地考验着每一个人。那些经不起这种考验的人，有的不辞而别了，有的甚至叛变了。不仅有开小差的，还有开大差的，有人带一个班、一个排，甚至带一个连公开离队，自寻出路去了。其中也有一些人后来又重返革命部队，继续为革命工作。我们这支队伍，人是愈走愈少了，到信丰一带时只剩下七八百人。不少人对革命悲观动摇，离队逃跑，特别是那些原来有实权的带兵的中高级军官差不多相继自行离去，给部队造成了极大的困难，使部队面临着瓦解的危险。

在这难以想象的时刻，我们的朱德同志和陈毅同志，真是像青松那样挺拔，像高山那样耸立，他们坚决率领这支革命队伍，坚持走武装斗争的道路，成为整个部队的中流砥柱。可以毫不夸张地说，那时如果不是朱德同志的领导和陈毅同志的协助，这支部队肯定是要垮掉的。当然，有些同志也可能走上井冈山，但作为一支部队是不可能保存下来的。

我们的朱德同志，在向西转移的过程中，总是满怀信心地走在队伍的前面。虽然大敌当前，处境险恶，他却神态镇静，无所畏惧，始终以无产阶级革命家的胆略和气魄，尽力教育部队和掌握部队。他经常在基层军官和士兵中，一路行军，一路给大家讲革命道理，指出革命的光明前程，提高大家的革命觉悟和坚定大家的革命意志。在旧军队里，官兵上下之间等级森严，生活待遇悬殊。但我们看到身为军长的朱德同志，却过着和士兵一样的简朴生活，和士兵一样吃大锅饭，一样穿灰色粗布军装。行军时，他有马不骑，和士兵一样肩上扛着步枪，背着背包，有时还搀扶着伤员、病号。他的一言一行，深深地感动着大家，对稳定军心起了极大作用。大家不仅把他看作是这支部队的最高领导，而且简直看成是我们这个革命集体的好"当家"。

这时候，在师、团级政工干部中，只剩下七十三团指导员陈毅同志了。他挺身而出，积极协助朱德同志带领部队。陈毅同志是在十分困难的条件下开始和坚持工作的。那时候他来到部队不久，上下关系都很陌生，职务也不很高，再加上他是搞政治工作的，当时政治工作人员是不被人们所看重的。尤其是潮汕失败之后，部队面临着极端严峻的处境。在这一系列的不利情况下，陈毅同志完全以他坚强的革命精神和实际行动，逐渐在部队中建立起威信。后来我们知道，南昌起义时陈毅同志正在武汉，是武汉军政分校党的负责人。8月2日他奉中共中央军委命令，从武昌乘船沿江东下，急赴南昌。但当他克服沿途阻挠到达南昌时，起义军已于前一天全部撤走了。陈毅同志又不顾一切艰险，日夜兼程向南追赶，闯过了沿途军阀部队、地方民团的盘查和搜捕，终于在临川、宜黄地区赶上了正在进军中的起义部队。前委书记周恩来同志亲自分配他到号称"铁团"的主力部队七十三团去当指导员，并笑着对他说，"派你干的工作太小了，你不要嫌小。"陈毅同志爽朗地回答说："什么小不小哩！你叫我当连指导员我也干，只要拿武器我就干。"后来陈毅同志回忆这段历史曾说："我那时在部队里是没有什么地位的。我来部队也不久，八月半赶上起义部队，十月初就垮台了。大家喊我是卖狗皮膏药的。过去在汉口的时候，说政治工作人员是五皮主义：皮靴、皮带、皮鞭、皮包、皮手套。当兵的对我们这些政治工作人员就这么说：'在汉口、南昌是五皮主义，现在他来又吹狗皮膏药，不听他的。'失败后，到了大庾，那些有实权的带兵干部，要走的都走了。大家看到我还没有走，觉得我这个人还不错，所以我才开始有发言权了，讲话也有人听了。"回想起来，我认识和钦佩陈毅同志，也正是从信丰、大庾开始的。

陈毅同志首先对那些悲观动摇、企图逃跑的人进行了不调和的斗争。当时黄埔军官学校出身的一些军官来找陈毅同志，表示要离开队伍，另寻出路。而且还"劝"陈毅同志也和他们一起离队。他们说："你是个知识分子，你没有打过仗，没有搞过队伍，我们是搞过队伍的，现在队伍不行了，碰不得，一碰就垮了。与其当俘虏，不如穿便衣走。"陈毅同志坚定地回答说："我不走，现在我拿着枪，我可以

4

杀土豪劣绅，我一离开队伍，土豪劣绅就要杀我。"陈毅同志更严肃地告诫他们："你们要走你们走，把枪留下，我们继续干革命。队伍存在，我们也能存在，要有革命的气概，在困难中顶得住。个人牺牲了，中国革命是有希望的。拖枪逃跑最可耻！"陈毅同志的这一席话，不仅痛斥了动摇逃跑分子的可耻行为，而且充分表达了他在险恶的环境里坚持革命到底的顽强决心。

1927年10月下旬，在信丰城西20多里的一个山坳中，朱德同志亲自主持召开了一次具有重要意义的全体军人大会。在这次大会上，朱德同志首先宣布，今后这支队伍就由他和陈毅同志来领导。他大义凛然地说："愿意继续革命的跟我走，不愿革命的可以回家，不勉强。"并恳切地动员大家："无论如何不要走，我是不走的。"接着，朱德同志以他的远见卓识，发表了非常深刻的讲话，鲜明地回答了当时大家心坎里郁结着的问题。

朱德同志拿俄国革命胜利所走的曲折道路做比喻："1905年的俄国革命失败了，留下来的'渣渣'就是十月革命的骨干。我们这一次就等于俄国的1905年，我们只要留得一点人，在将来的革命中间就要起很大的作用。过去那个搞法不行，我们现在'伸伸展展'来搞一下。"

他还卓有预见地指出："蒋桂战争一定要爆发的，蒋冯战争也是一定要爆发的。军阀不争地盘是不可能的，要争地盘就要打仗，现在新军阀也不可能不打。他们一打，那个时候我们就可以发展了。"

朱德同志这些铿锵有力、掷地有声的话语，精辟地剖析了当时的政治形势，展示了革命必然要继续向前发展的光明前景，令人信服，感人至深。陈毅同志对之做了极高的评价，他曾经说，朱德同志的这次讲话，是讲了两条政治纲领，我们对部队进行宣传教育，就是依据这个纲领做些发挥工作。

陈毅同志也恳挚地开导大家说："南昌起义是失败了，南昌起义的失败不等于中国革命的失败。中国革命还是要成功的。我们大家要经得起失败局面的考验，在胜利发展的情况下，做英雄是容易的，在失败退却的局面下，做英雄就困难得多了。只有经过失败考验的英雄，才是真正的英雄。我们要做失败时的英雄。"

从这次全体军人大会以后，朱德同志和陈毅同志才真正成了我们这支部队的领袖，我们这支部队也度过了最艰难的阶段，走上了新的发展的道路。

铁的事实告诉我们：真正的革命英雄，不是别人，乃是百折不挠、大义凛然的朱德同志和陈毅同志，乃是那些对革命坚定不移、为革命英勇献身的战士。

三湾改编前后

谭　政

秋收起义部队有4个团（秋收起义的工农革命军第一军第一师编成时只有3个团，所谓第四团是在修水收编的土匪邱国轩部队，秋收起义开始即叛变了）。第一团原是国民革命军武汉警卫团。警卫团原在武汉，是卢德铭秘密地带出来，准备去参加南昌起义的。部队坐船到湖北黄石港，听说九江不通了，有张发奎的部队在那里，便从黄石港上岸到阳新、武宁、靖安、奉新，以后又到了修水进行休整。

第一团从修水出发，钟文璋集合部队讲话，呼口号："打倒国民党！打到长沙去！"部队到长寿街，遭到收编的邱国轩第四团的袭击，受到一些挫折，丢了一些行李，团长也跑了。部队从长寿街回到师部，师部已出发到龙门。在一座山上的天主堂里设了收容所，把一营跑散的人都收容起来。一团受挫折以后，回到龙门，再到收容所宿营。那天是阴历八月十五中秋节。部队有一面红旗，是镰刀斧头旗，少数人戴有红袖章，我戴了一个。一团没有打什么仗，就是同邱国轩部队打了一下，部队受了点损失。

第二团就是醴陵、安源的工人和农民，由王兴亚带领。打了一下萍乡，没有攻下，打下了醴陵，最后打浏阳失败了，部队没有剩下几个人，剩少数几个干部，同一团会合了。部队会合后便到了文家市。这时部队只有两个团的番号，即一团、三团。二团没有了。三团穿得花花绿绿的。只有一团像军队的样子。在文家市没收了一家土豪的财产，开始打土豪，把东西分给群众。

部队离开文家市后，在萍乡芦溪遭到敌人袭击。那天早上没有烧饭，部队就出发了，有的部队还在集合。卢德铭原在前面指挥，听到后面打枪，返回来指挥部队作战，牺牲了。

部队在转移中，每天总是天未亮就出发，直到黄昏以后才宿营，经过平江、浏阳、铜鼓、萍乡莲花，到达永新境内的三湾村，休息了三天，着手改编部队。这算是红军发展史上的一个难点。

自从长寿街战斗失利以后，湖南的敌人拼命地在我们后面追赶，总想把我们这些革命的种子弄得精光。反动民团、保安团也来欺负我们，沿途不准我们借路。没有经过锻炼的"小娃娃"，哪里经得起这样的风波。当时，疲劳、困苦、饥饿、惊慌的情绪充满了部队，加上疟疾、痢疾传遍了每个战士，行军途中，两旁的草丛中没有多远，就躺下几个发出微微的颤颤发抖声音的战士。离开宿营地头四五里路，每天总是嗅着一种难闻的腥气，已经到达宿营地准备宿营的时候，还要更动几处地方。

到了三湾的第二天，听说师长要集合部队讲话，我们在悲愁苦闷之中，倒想听他讲讲话。队伍集合好了，远远看着师长走来，只见他愁眉双锁，一肚子不舒服的样子。他说什么话呢？第一，宣布改编命令；第二，发了一场牢骚，说我们的部队好像打了几十个败仗的样子……现在人员减少了，部队要缩编，从1个师改编为1个团，1个团还是不足，改编为2个营……到会场的人都瞪着眼睛痴呆着望着他，好像失了魂一样。然后由新团长介绍毛泽东同志讲话。从人丛中出来一个又高又大的人，头上蓄有两三寸长的头发，身上穿着一件老百姓的衣服，脚上打着一双绑带，套着一双草鞋。听说他是第二次向部队讲话，我可是第一次看见他。他以和蔼的态度，含笑的脸色，跑到部队前面。顿时，会场沉寂的空气呈现热烈的气氛，大家高兴地鼓起掌来。毛泽东同志说："同志们，敌人只是在我们后面放冷枪，这有什么了不起？大家都是娘生的，敌人有两只脚，我们也有两只脚，贺龙同志两把菜刀起家，现在当军长，我们有两营人，还怕干不起来吗？我们都是暴动出来的。一个人可以当敌人10个，十个人可以当敌人100个，我们现在有这样几百人的部队，还怕什么？……没有挫折失败，就不会有成功……"听到这里，大家忍不住嗤嗤地笑起来，显出特别兴奋的样子。队伍解散后，只看到战士们一群一群地在那里讨论："毛泽东同志都不怕，我们还怕什么？贺龙同志两把菜刀能够起家，我们几百人还不能起家？"

三湾改编时，毛泽东同志的这番话，对当时部队恐慌失望情绪的转变，起了很大的作用。他来到这个部队的时候，秋收暴动已经失败，部队一片混乱。他以很短的时间，在一个和他毫无社会关系的队伍中，用民主主义的工作方法，团结了下层干部及广大的群众。在改编部队中，公开宣布了前敌委员会的组织，开始建立党的领导基础，以适当的方法使一些动摇、不可挽救而企图逃跑的上层分子主动地离开部队。三湾改编后，原来脆弱的工农武装，走上了党领导的游击战争的新阶段。

三湾改编后，把伤病员放在茅坪，把没有人背的枪送给袁文才。部队经古城、砻市到酃县水口，再到遂川大汾圩。我们住在大汾圩，想筹点款，遂川反动靖卫团肖家璧写信威胁我们，说是他的防地，要我们走，如果不走，于明早上枪刀相见。我们不理他，要打就打。第二天早上，部队遭到他的袭击，我们一冲锋，部队就被敌冲散了，分成两部分。三营走错了路，由张子清、伍中豪带领经左安、桂东到了上犹县鹅形，与朱德同志的部队会合在一起。朱德同志利用他和范石生的关系，他们是同学，有交情，部队得到了补充，三营也得到了补充，每人身上都背满了子弹。后来工农革命军第二次攻打茶陵时，仗打得最激烈时，第三营赶到，大家见有了子弹，又跟敌人打了大半天，最后子弹打得差不多了，就撤回砻市。

第一营的一连，以及团部、特务连由毛泽东同志带领，部队显然没有损失太多，但每一个人都很狼狈，毛泽东同志也只穿了件长袍子。大家吃了饭，他还没有吃饭，后来搞到了饭又没有东西盛，就用衣服兜，用两根树枝当筷子。部队经荆竹山到达大井，王佐骑着一匹白马，跑了五六里路来迎接毛泽东同志。

部队上山后，都住在大井。团部和毛泽东同志住在一幢大房子里，团部在左边房间。部队上山以后，在毛泽东同志的领导下，进行根据地各项建设，巩固和发展了井冈山革命根据地。

支部建在连上 *

陈士榘

1927 年 9 月 29 日，毛泽东率领文家市会合的秋收起义部队，经过长途跋涉，艰苦转战，到达三湾村，由于疲劳、饥饿加上疾病的袭扰，当时已不足 1000 人。但部队仍然是起义时的编制，官多兵少，枪多人少，一人要背两三支枪，还要由牲口驮一部分，这种状况已经不适于作战。在部队成员中，多数是经过战斗锻炼和考验的党员、团员和工农运动的骨干。少数未经改造的知识分子、旧军人和来部队捞便宜的人，在战斗失利、环境艰苦的条件下悲观动摇，有的离队逃跑。如不迅速改变这种状况，则难以完成艰巨的革命任务。

在这个关键时刻和关键问题上，毛泽东成竹在胸，到达三湾的当天晚上，便立即组织召开了前敌委员会，决定对部

---

* 本文节选自《建设新型的人民军队》，收录时做了适当修改。

队进行改编。

第二天，部队在一棵有百年历史的大枫树下集合。由于战斗失利，人员减少，面对着群山环绕、溪流交汇、林茂景美的三湾村，人们的精神仍然是消沉的，只有当身材高大魁伟的毛泽东向我们走来时，大家的情绪才开始活跃起来。毛泽东还是头蓄长发，身穿蓝土布长衫，脚穿草鞋，紧绑裹腿，他的和蔼态度使人感到亲切，他的乐观精神令人鼓舞。他始终微笑着，给我们讲述了整编的意义，并宣布了三条：我们是中国共产党领导下的人民军队，我们的军队就是党的军队，但称谓还是叫工农革命军；连队建立党支部，设党代表，成立士兵委员会；加强政治工作，部队除执行战斗任务外，还要做党的政治主张的宣传工作，我们是武装宣传队。

在三湾，部队进行了改编，把1个师改编为1个团，番号为工农革命军第一军第一师第一团。下设一营、三营，7个连队，还有军官队、卫生队、辎重队，一连、二连、三连为第一营，七连、八连、九连为第三营，第四连为特务连。我被编在一连当战士，连长贠一民，党代表熊寿祺。

当时，还重新任命了一批干部，同时对动摇不定的人，在做好思想工作的基础上进行了处理，发给路费，希望他们回本地继续革命。

三湾改编，不仅是组织上的整顿，更重要的是进行了政治思想上的建军，确立了党对军队的绝对领导。毛泽东提出，在部队中建立各级党的组织，党支部建在连上，班排设党小组，营团建立党委，整个部队由以毛泽东为书记的前敌委员会统一领导，决定重大问题均由党委讨论决定。从此，部队有了坚强的领导核心。在国共合作的北伐战争时期，我们党掌握的叶挺独立团，是把党支部建在团上，曾使这个部队英勇无敌，在北伐战争中获得"铁军"的称号。毛泽东的这一措施，既是对国共合作北伐战争经验的总结，又是对我军建军原则的重大发展。当时党的活动还是不公开的，但我们都知道，会做工作、遵守纪律、革命坚定、作战勇敢的人多是共产党员，党员在人们的心目中都是榜样。党组织的正式建立，为充分发挥党员的先锋模范作用提供了组织保证和思想保证。部队不仅有坚强的战斗力，而且有巨大的向心力，许多人变得更加坚定起来。

1927年10月，在鄞县水口，根据毛泽东要发展一批工农骨干入党的指示，我和一些骨干分子也加入了党组织。毛泽东亲自主持了入党仪式，带领党员宣誓，并讲了党课。这是我在革命生涯中的巨大转变，也使我从此有了新的政治生命，当时我心情十分激动。坚决革命，服从组织，为共产主义事业奋斗到底，成为我终生的奋斗目标。

三湾改编，还确立了在军内实行民主政治制度。连以上建立各级士兵委员会。士兵委员会由民主选举产生的群众组成，在党组织领导下搞政治民主和经济民主。毛泽东对我们说："有事大家来做，连队有什么问题，士兵可以向上级反

14

映。"士兵委员会明确规定：官兵平等，不准打骂士兵，废除烦琐礼节，实行经济公开，士兵有开会说话的自由。尽管初期士兵委员会的活动有过曲折，但毛泽东很重视对这个新生事物的引导。他立足于建设新型军队的全局，既反对无政府主义，又反对军阀残余作风。例如，一个副官违反了群众纪律，士兵委员会要打他的屁股，他便制止了这种以罚代教的错误做法。但他对一个军阀残余作风比较严重、打骂士兵出了名的大队长也批评得很严厉，并坚决支持士兵委员会反对军阀作风的正当要求。红军中军官打骂和体罚士兵造成官兵对立的现象，被官兵政治平等、相互关心的感人景象所代替，民主生活给弱小红军的健康发展注入了很大的活力。

经济民主虽然是简单的，但由于士兵会派人管理伙食，清理账目，还给大家分伙食尾子，在从军长到伙夫一律吃五分钱的伙食、南瓜汤里没有盐的艰苦条件下，我们却精神饱满，作战勇敢，十分热爱红军生活，并经常唱着一首歌谣："当兵就要当红军，处处工农来欢迎。官长士兵都一样，没有人来压迫人。"我把分到的伙食尾子积成两块银圆，还高兴地做了一身便衣穿。清新的民主政治空气，使我们这支艰难奋斗中的红军队伍成为一个火热的大熔炉，从国民党军过来的人感受最深，他们说，红军和国民党军是截然不同的两个世界，没想到红军这么好，正如毛泽东说的："同样一个兵，昨天在敌军不勇敢，今天在红军很勇敢，就是民主主义的影响。"

　　"民主"这个令人向往的字眼，一旦付诸实践，竟能产生巨大的威力，它成为毛泽东建军思想的一个重要内容和突出特点。

新型人民军队建设的伟大探索[*]

陈士榘

1927 年，我在水口入党后，于 11 月中旬参加了打茶陵的战斗。当时因为毛泽东的脚伤还没好，是由党代表宛希先、团长陈浩带领攻打的。

战斗胜利结束后，我们一营就住在汇文中学。接着便成立了茶陵县人民委员会。委任谭梓生为县长。由于没有经验，开始仍按旧章程办事，毛泽东知道后即写信指示：不能组织那种旧衙门式的政府，要组建工农兵代表会议政府。宛希先遵照毛泽东的指示，撤销了县人民委员会，并于 11 月 28 日召开工农兵代表大会，选举产生了湘赣边界第一个红色政权，即茶陵县工农兵政府，县政府由选出的三个常委组成。谭震林是工人代表，李炳荣是农民代表，我是士兵代表，推选谭震林为主席，我们三个实行集体领导，主要是为

---

* 本文原标题为《建设新型的人民军队》，收录时做了适当修改。

部队筹粮筹款，并组建了茶陵县游击大队等武装组织。县政府还出了石印的布告，印着长条形的政府印鉴和我们三个常委的名字。毛泽东看到布告后，曾对我开玩笑说："陈士榘同志，你成了县太爷啦！"

我军先后三次打茶陵，前两次都比较顺利，第三次遇上敌人的正规军吴尚的独立团。由于团长陈浩、参谋长徐恕等人企图拉出部队投敌叛变，导致战斗失利。毛泽东闻讯赶到湖口，逮捕了陈浩等人，将部队带回砻市，我也随茶陵县政府和游击队撤回砻市。在这里召开了大会，毛泽东总结了在茶陵开展工作的经验教训，正式提出了工农革命军的三大任务：第一，打仗消灭敌人；第二，打土豪筹款；第三，宣传群众，组织群众，武装群众，帮助群众建立革命政权。会后，陈浩等叛徒被处决。

从此，毛泽东以极大的精力进行创建井冈山根据地的工作。1928 年元旦，他率领红军在遂川大坑大败肖家璧反动武装后，即兵分三路在大坑、于田、草林等地开展游击活动，打土豪，筹款子，建立革命政权。1 月 8 日，在毛泽东支持下，中共遂川县委在该县城天主教堂宣告成立。不久，万安县建立苏维埃政府，中共鄷县特别区委、中共莲花县特别支部等相继成立。落实三大任务的工作如火如荼，根据地建设迅速发展。

6 月，毛泽东在永新县委所在地西乡塘边村住了一个多月，他几乎手把手地教导我们如何开展游击战，建立革命政权。毛泽东说：在有敌人进攻的时候，要集中起来进行战斗，这是战斗队；在敌人被打垮以后或两个战斗的间隙，要分散做群众工作，这又是宣传工作队。因此，我们部队除了打仗，还要做群众工作。这就必须搞好社会调查，建立地方政权，发展党员，建立党支部（当时不公开），给穷人分田地。那时我们一个班在永新县里做了一个乡的群众工作，发展党员，建立党支部和苏维埃政府。以后部队形成了习惯，每到一地，总要把做工作、搞调查当作政治任务来完成，几乎人人都学会了这套本领。例如，社会调查是一项很细致的工作。调查内容有：人口、土地、经济、社会政治状况等，尤其要弄清一个地方的地主、富农、中农、贫农、地主兼商人有多少，一般都要在三天内完成。在做好社会调查和群众工作的基础上，就可以成功地召开群众大会，宣布分配土地和建立政权的任务。群众的积极性起来了，参军参战等各项工作都搞得热火朝天，我们的力量便一天天壮大起来。

三大任务在以后召开的古田会议决议中，用红军的法规固定下来，这是对建军原则的又一重大发展，并集中表现了新型人民军队的建军宗旨。它把军事斗争和政治斗争有机地结合起来，不仅对人民军队和根据地的建设与发展有着重要意义，而且使红军指战员在实践中认识了民情、国情，为正确执行党的各项政策奠定了基础，从而全面提高了我军的军政素质。即使在社会主义现代化建设的今天，也仍然有它的现实意义。

1927年10月，毛泽东率领部队沿湘赣边向南行动，路经大汾时遭到敌人伏击。担任前卫的三营被隔断，继续南下向桂东方向走去，我们一营和团直属队重新集合起来，准备上井冈山。当时就在荆竹山下山沟里一个小村子宿营。

10月24日清晨，部队在村边大路旁集合。这天天气很好。红日初升，霞光四射，层叠的山峰，茂密的山林，显得格外壮丽清秀。晨雾弥漫，盘山绕梁，如薄薄的白纱笼罩群山，又显出几分神秘。这里就是井冈山的边缘。因为就要进山了，队伍中人们在讨论喧哗。这时候，毛泽东同志来到队列前，站在路边的石坎上开始讲话，部队顿时肃静下来。毛泽东首先介绍了一个头戴礼帽身穿便衣长衫的人，说他就是山上一支队伍的首领王佐，是来欢迎我们上山的。毛泽东同志简要地讲了井冈山的情况，便说道："今天，我们就要上井冈山，要在那里建立根据地，大家一定要和山上的群众搞好关系，要和王佐的部队搞好关系，做好群众工作，没有群众的支持，根据地是建立不起来的。"于是他宣布了三项纪律：第一，行动听指挥；第二，不拿工人农民一点东西；第三，打土豪要归公。为什么要规定这三项纪律，毛泽东又做了些解释，因为当时部队中还存在旧军队的思想影响，违反纪律，随便拿群众的东西等。上山后还有个对王佐、袁文才部队的影响问题。就人民群众来说，最讨厌旧军队抓夫派差，拿东西不给钱，动不动打人骂人。毛泽东说：我们是共产党领导下的人民军队，军民关系、官兵关系都要搞好。这给我印象很深刻。就在前几天，我们班在行军休息的时候，还有人到老百姓地里拣过一块红薯，当时大家还不以为然，经毛泽东同志一讲，我们才认识到这是违反群众纪律的行为。

1928 年年初，我们从茶陵撤往井冈山，此后又到遂川县城过旧历年。毛泽东发现部队中有的没收小商小贩的货物，有的还拿了药铺的戥秤，便立即做了纠正。他指出：我们反对封建剥削只能没收地主的财产，又要保护工商业利益。如果是地主兼商人，只能没收封建剥削的部分，商业部分连一个红枣也不能动。有些特别坏的土豪劣绅，必须没收他的商店的话，一定要出布告，宣布他的罪状。没收地主的财产也要出布告，宣布他的剥削罪状。没收的财物、粮食，尽量召集群众大会，散发给群众，提高阶级觉悟，使群众敢于组织起来同反动的封建剥削阶级做斗争。

为了转变大家的思想，树立军队严格的纪律政策观念，毛泽东经常深入部队进行教育，并及时提出和规定具体的政策纪律。1 月 25 日，在遂川城的李家坪向部队宣布了六项注意：（一）上门板；（二）捆铺草；（三）说话要和气；（四）买卖公平；（五）借东西要还；（六）损坏东西要赔。同时，毛泽东同志还做了通俗的解释，说道："损坏老百姓的东西，一定要赔偿。王大娘会补缸，我们不是王大娘，不会补缸，但是应该赔偿，打破旧缸赔新缸，新缸不如旧缸光，但赔总比不赔强啊！"这些要求合情合理，简明扼要，大家容易理解和执行，当我们把这些规定贯彻到行动中去以后，一些有不满情绪的群众终于以惊喜和赞佩的目光重新看待我们这支队伍。过去部队一到，有些群众就逃之夭夭，这时群众不但不跑，反而主动帮助我们调查土豪劣绅和坏分子，配合我们开展工作。完全改变了我军同群众的关系。

1929年1月14日，红四军离开井冈山向赣南闽西进军。在开辟新根据地的过程中，毛泽东又根据当地群众的风俗习惯，将"六项注意"改为"八项注意"，新添了两条：洗澡避女人和大便挖厕所，以后又改为"院子打扫干净，挖卫生壕（厕所）"。这样，我们很快就把群众意见最大的两个问题纠正了，一种新型的军民关系终于建立起来了。

从1929年1月以后，战斗更加频繁，胜利一个接着一个，俘虏大量增加。毛泽东又将"八项注意"增加为"十项注意"，即宽待俘虏和进出要做宣传工作。最后，又将"十项注意"改为"八项注意"，其内容更丰富概括和具有针对性。例如，"打土豪要归公"改为"一切缴获要归公"；"不拿工人农民一点东西"改为"不拿群众一针一线"，等等。

从"三项纪律、六项注意"开始，经过丰富和发展，形成现在的"三大纪律、八项注意"，不断倾注了毛泽东的心血和智慧。它集中体现了新型人民军队的本质，是我军建军原则的重要组成部分。我军把有史以来处在社会最底层、备受欺压和凌辱的平民百姓视为最受尊敬的人，我军在人民群众的心目中成为最可爱的人，这一历史性的变革，形成了不可战胜的军民合作强大力量。

"三大纪律、八项注意"，作为执行三大任务的保证，我军行动的准则，已经不是一般的群众纪律和军队纪律，当后来把它编成《三大纪律八项注意》歌时，已成为展示我国威、军威，表现中华民族不畏强暴、勇往直前，从胜利走向胜利的英雄凯歌。

确立游击战战术原则，也是经历了一个认识过程的。

当时红军中的军事指挥员，大部分是从黄埔军校出来的学生，他们学习的是旧军队的一套指挥和管理办法。而在敌强我弱的情况下，怎么打仗，怎样才能有效地消灭敌人，保存和发展自己，这在教科书上是找不到答案的。在井冈山时期，毛泽东在讲话或同我们聊天时，经常谈到这个问题。1927 年 12 月，第三次打茶陵失败后，他同大家一起总结经验教训时，专门谈到怎么打仗的问题。他说："打仗像做买卖一样，赚钱就来，蚀本不干。现在敌强我弱，不能用过去的那套战法，更不能硬拼，要根据敌我情况，在消灭敌人、保存自己的原则下，来个战术思想的转变。"他讲了中国古代兵书中以弱胜强的战例，还特别提到井冈山上的一件事。说过去井冈山有个老土匪，同官军打了几十年的交道，总结出一条经验，叫作：不要会打仗，只要会打圈儿。毛泽东笑道："打圈是个好经验。不过他打圈是消极的，不是为了消灭敌人，扩大根据地。我们改它一下，既要会打圈，又要会打仗。打圈是为了避实击虚，强敌来了，先领他转几个圈子，等他晕头转向暴露出弱点以后，就抓准，狠打，打得干净利落，打得有收获，既消灭了敌人，又缴获了武器。"最后他风趣地概括道："打得赢就打，打不赢就走；赚钱就来，蚀本不干，这就是我们的战术。"

毛泽东讲得生动形象，通俗易懂，既体现了灵活机动的战术思想，又体现了打歼灭战的作战原则。不久，他指挥我们打宁冈，果然取得大胜利，以后又相继取得五斗江、草市坳等战斗的胜利。为了提高部队的战术思想水平，毛泽东、朱德又系统地总结出"敌进我退，敌驻我扰，敌疲我打，敌退我追"的游击战术十六字诀，以及"分兵以发动群众，集中以应付敌人"和"固定区域的割据，用波浪式的推进政策；强敌跟踪，用盘旋式的打圈子政策"等。从而创造了以弱小红军战胜强大敌人的正确作战原则和一套崭新的作战方法。著名的"龙源口大捷"，创造了以弱胜强的光辉战例，至今在井冈山老区还流传着一首歌谣：红军不费三分力，打垮江西两只羊……

江西两只"羊"，是指朱培德部下两个姓杨的师长：杨池生和杨如轩。1928 年 6 月 23 日，这两个师长率领 5 个正规团的兵力分两路"进剿"井冈山根据地，企图一举歼灭我们这支红军队伍。在毛泽东和朱德等人的指挥下，根据地军民巧妙地运用了"声东击西"的战术，结果歼灭敌人 1 个正规团，击溃其 2 个团，缴获了大批武器弹药，武装了自己，粉碎了敌人的"进剿"。游击战术在当时已经深入人心，运用自如了。

伟大的会师

何长工

秋收起义以后，毛泽东同志亲自率领起义部队进军井冈山。

毛泽东同志一直非常关心周恩来、朱德、贺龙、叶挺、刘伯承等同志领导的南昌起义。上山不久，就派我去找湖南省委及衡阳特委联系，并且要我打听南昌起义部队的下落，相机和邻近地区革命力量取得联系。

1927年10月5日我自井冈山出发，10日到达长沙。到长沙后，遵照毛泽东同志的指示，将秋收起义经过向省委做了报告。当时，省委指示不必再去找衡阳特委了，由他们联系，而要我绕道粤北去联系革命力量。我遵照省委的指示，于12月中旬辗转来到了广州，准备由那儿经由粤北返回井冈山。正巧又赶上广州起义，敌人被革命的声势吓坏了，马上调江西、湖南的队伍向广东集中，进行镇压。从广州到韶关的火车也不通了，情况非常混乱。我在旅馆老板的掩护下躲过反革命的搜捕，10 天后，方搭上火车，夜间来到了韶关。

几个月的奔波，身上脏得很，一下车住进旅馆，就忙着去洗澡。韶关驻扎着云南军阀范石生的第十六军。恰好有几个军官和我在一起洗澡，水汽蒙蒙的，谁也看不清谁。只听见他们在谈论："王楷的队伍到犁铺头了。听说他原来叫朱德，是范军长的老同学。"另一个说："同学是同学，可是那是一支暴徒集中的部队，我们对他有严密的戒备。"这个无意中听到的消息，真使我兴奋极了，踏破铁鞋无觅处，得来全不费工夫。南昌起义保留下的部队，原来在这里！我匆忙洗完澡，结了账，看看钟，已经是下半夜 1 点了。我心急如火，顾不得天黑路远，马上离开韶关向西北走去。

犁铺头在韶关和乐昌之间，离韶关 40 多里。我穿着西装、黄呢子大衣、黄皮靴，装得像个小康之家的子弟，手里拿着一包便衣，沿公路急匆匆地走着。幸好是深夜，一路上没有碰到什么人盘问与检查，安全地到达了犁铺头。

朱德同志部队的哨兵把我送到司令部。最先接见我的是一个留着长发，一脸大胡子的年轻人。他带我进到里边屋里，我一眼就看见了蔡协民同志，不由得大喊一声，扑上去和他握手："老蔡，想不到在这儿碰到你！"蔡协民同志也吃了一惊，嚷道："老何，你怎么来了？"我们原来在洞庭湖一带一起做过秘密和公开工作，处得很熟。经他介绍，我才知道那位年轻人就是朱德同志的参谋长王尔琢同志。我开玩笑说："你这把胡子，简直像马克思。"蔡协民同志说："王尔琢同志立了誓，革命不成功，就不剃头不刮胡子呢！"

大家正谈得热闹，从里间屋里走出一个人来，精神饱满，和蔼的笑容，全身严整的军人打扮。蔡协民同志把我介绍给他。他和我紧紧地握了握手，轻声而谦和地道了自己的姓名："朱德。"同时，在这里还巧逢在巴黎就已熟悉了的陈毅同志。

我把毛泽东同志上井冈山，直到我这次由广州脱险，意外地找到此地的经过，向他报告。朱德同志高兴地说："好极了。从敌人报纸上看到了井冈山的消息。我们跑来跑去，也没有个地方站脚，正要找毛泽东同志呢，前些天刚派毛泽覃同志（毛泽东同志的胞弟）到井冈山去联系了。"接着他详细地询问了秋收起义、广州起义的情况，问井冈山的环境怎样，群众多不多。谈话中，不断有人来找他，一会儿是县委书记，一会儿是赤卫队长，人们出出进进，川流不息，看样子将要有什么大的行动。我们的谈话时断时续。朱德同志不时地回过头来，向我抱歉地笑笑。后来就叫陈毅同志招呼我休息。

第二天，朱德同志给了我一封介绍信和一部分路费，握着我的手说："希望赶快回到井冈山，和毛泽东同志联系。我们正在策动湘南暴动。"

1928年1月上旬，我回到井冈山。不久，就听到朱德和陈毅同志发动了湘南暴动的消息。湘南暴动仅仅一个月左右时间，宜章、郴州、资兴、永兴、耒阳五县就建立和壮大了地方武装，县、区、乡普遍成立了工农革命政府，打土豪，分田地。轰轰烈烈的湘南暴动吓坏了国民党反动派。湘粤两省的敌人，立刻出动"会剿"。湘省敌人的前敌指挥部设在衡阳，粤省敌人的前敌指挥部设在曲江，沿粤汉线，形成南北夹击之势，直逼暴动总指挥部所在地郴州。江西的敌人也出动了，牵制我们井冈山工农革命军的行动。但由于湘南是湘粤两省的要道，是敌人必争之地，也因湘南特委在政策上受盲动主义的影响，部分地脱离了群众，因而暴动失败了。

3月上旬，应湘南特委的要求，以毛泽东同志为师长，率部队向湘南行动，支援湘南暴动。部队立刻在酃县中村、水口集结，毛泽东同志在宣布担任师长职务后，对大家说："一个篱笆三个桩，一个好汉三个帮，三个臭皮匠，凑成诸葛亮。我们有这么多干部，大家当参谋长，大家当师长，不愁打不好仗。"此后就兵分两路：毛泽东同志带着第一团作为左翼，揳入桂东、汝城之间，命令我们第二团向彭公庙、资兴方向前进。

第二团是收编的王佐、袁文才的部队，约1000人，在毛泽东同志带领下，打过几次小胜仗，但还没有远出作过战。大家知道这次行动的意义后，情绪很高。开到资兴附近时，碰到一支队伍，拿的都是土枪、梭镖，有1个营左右。一问，才知道是朱德同志部下的第七师，都是资兴、永兴、耒阳一带的起义农民，师长叫邓允庭。我们会合后，开了个干部会，研究了敌情。湘敌何键的部队，在衡阳集结未动，可能因为湘东我军活动频繁，不敢轻易南下。我们便决定继续南进，阻挡北犯的粤军，不使他们逼近郴州。即使不能取胜，也可以掩护朱德同志的暴动总指挥部撤退。会上又决定第七师归我们统一指挥。

我们连夜经旧县，渡潓水，在潓口碰上了范石生的第十六军。潓口离郴州不过100多里。敌人也刚到潓口，还没来得及做工事，就被我们围住了。那时井冈山的部队，虽然一式灰军装，还算整齐，但手中的枪却不大好，尤其是没有重武器，七师的同志连军装也没有。敌人大概有点瞧不起我们，打得很顽强，一边打一边很快地修起工事来。我们奋力攻打了两天两夜，敌人终于软下来了。当我们发动总攻击时，敌人哗地垮下去，向南撤逃。我们跟踪追击，向南直追到接近文明司的地方。突然，正面出现了敌人主力，朝我们压迫过来，我们只好立刻撤退。

摆脱了范石生部队的追击以后，我们就退到资兴。这时，探听到何键的部队也已经出动，直逼郴州。便写了一封信，插上鸡毛，交由党的交通组织连夜快马传送到郴州，建议朱德同志迅速撤出，免遭南北夹击。我们北撤时，不意在资兴附近突然碰到陈毅同志，他带着一部分暴动的农军和一些地方党的机关，由郴州退到这儿来。我们急忙问他："朱德同志呢？"陈毅同志说："他和总指挥部还在郴州，不久可能带着主力部队向东北撤到安仁、茶陵一带去。"我们计算了一下日期，陈毅同志从郴州撤出时，正是我们打滁口的时候。

这时，我们和毛泽东同志还没有联系上，只知道他在汝城以西的马桥一带打游击。我们把队伍布置在资兴城郊，准备阻击追来的敌人，然后和陈毅同志及湘南特委书记杨祜涛等同志到资兴城北七八十里的彭公庙开会，研究下一步的行动。

谁知，一开会，杨祜涛及共青团湘南特委书记席克思，就提出要回衡阳去。杨祜涛说："我们是湘南特委，不是井冈山特委，我们不应该离开自己的地区。"席克思慷慨激昂地说："共产党员应该不避艰险。我们湘南特委机关躲上井冈山，这是可耻的行为。"陈毅同志苦口婆心地劝说他们："你们男女老少七八十人，各种口音，各种装束，挑着油印机，这一路民团查得很紧，怎么走得过去呢？同志们，不要做无谓牺牲吧，上井冈山以后，我们再设法陆续送你们走。"当时，我对于他们这种固执的态度也很生气，考虑到不能用军队干部的身份来压服他们，便说："毛泽东同志是中央委员，我们可以请示一下毛泽东同志再做决定。"

他们根本不理会这个提议，下午，收拾了一下东西，就带着特委机关出发了。陈毅同志和我一同送了他们一程，一路上继续劝说他们留下，可是他们主意已定，再说也无用了。

回来的时候，陈毅同志和我并马缓行，大家的心情都很沉重，不幸的预感、无能为力的自疚，在我们心头起伏。

后来听说，他们果然在安仁、耒阳边界上，统统给敌人抓住，惨遭杀害了。一个党和团的特委机关，就这样损失了，这是在游击战争初期一个极为惨痛的教训。我们回到彭公庙，就接到毛泽东同志的指示，要我们立即撤回井冈山，他带队伍在后面掩护，并正由汝城向酃县撤退。

当我们快接近酃县的沔都时，便衣侦察员回来报告说："朱德同志带领的队伍已经到了沔都了！"大家一听说，都高兴得加快脚步，飞速赶去。进街后，果然看见一些军人在来往，他们有的穿军衣，大部分都穿的便衣，颜色有黑的有灰的，帽子也不一致，但一个个都是精神抖擞，神气得很。

我随着陈毅同志、邓允庭同志，以及几个县委书记，一齐来到朱德同志的屋里。他穿着一身不大整洁的灰军装，绑腿却还是打得那么结实，脸色比在犁铺头的时候黑得多了。他笑呵呵地和我们一一握手。我们问他："这次没有受损失吧？"他说："很好，没有受损失。就是忙得没有理发，胡子长得很盛了。家当还是很大的，缴了武器，队伍也扩大了，干部也充实了。"我说："我们拼命向南打，想不到你撤得这么利索。"朱德同志笑眯眯地说："你们的行动，直接掩护了我们的撤退。"接着他又问："毛泽东同志在哪里？"我报告说："他担任后卫，大约还得三四天才到。"

我们陪朱德同志吃了饭。饭后，我告辞说："我先回宁冈，准备一下房子和给养，还要动员群众热烈欢迎你们呢！

你还有什么指示?”

朱德同志和蔼地说：“你们是主人，你们咋个料理都行。”

第七师归队了，陈毅同志也留在朱德同志身边。4 月 24日，我们第二团回到砻市，将队伍布置在东边，向江西警戒，然后将宁冈附近的后方机关及广大群众动员起来，为欢迎兄弟部队筹备房子和给养。

回到砻市两天，朱德和陈毅同志带着一部分直属部队也进了山，分驻在砻市附近的几个小村庄里。4 月 28 日，毛泽东同志率领第一团回来了，朱德同志的主力部队也从安仁、茶陵一带开来了。宁静的山坳中顿时显得热闹起来。

1928 年 4 月 28 日，这天天气十分晴朗，巍峨的井冈山像被水洗过一样，显得特别清新；满野葱绿的稻田，散发着清香；太阳喜洋洋地挂在高空，照得溪水盈盈闪光。这是一个多么美好的日子！我们跟在毛泽东同志的身后，注视着他那高大稳健的身影。大家心潮澎湃。是他在大革命失败以后，在井冈山建立了第一个农村革命根据地，树立起了第一面鲜艳的红旗，照亮了中国革命的航程。今天，两支革命武装胜利会师了！革命的力量将要在这个坚实的基础上更加壮大，革命根据地将进一步巩固发展，革命的浪潮将要从这里更有力地推向全国……

毛泽东同志和朱德同志会见地点是在宁冈砻市的龙江书院。朱德、陈毅同志先到了龙江书院，当毛泽东同志到来时，朱德同志赶忙偕同陈毅等同志到门外来迎接。我远远看见他，就报告毛泽东同志说："站在最前面的那位，就是朱德同志，左边是陈毅同志。"毛泽东同志点点头，微笑着向他们招手。

快走进龙江书院时，朱德同志抢前几步，毛泽东同志也加快了脚步，早早把手伸出来。不一会儿，他们的两只有力的手掌，就紧紧地握在一起了，使劲地摇着对方的手臂，是那么热烈，那么深情。进了龙江书院屋里，毛泽东同志把我们介绍给朱德同志，朱德同志也将他周围的干部给毛泽东同志做了介绍。

毛泽东同志带着祝贺的口吻说："这次湘粤两省的敌人竟没能整到你！"

朱德同志说："我们转移得快，也全靠你们的掩护。"

谈了一阵军情以后，毛泽东同志热情地说："趁'五四'纪念日，兄弟部队和附近群众开个热闹的联欢大会，两方面的负责同志和大家见见面。"说着，转过身叫我负责准备一下大会，详细地指示了该准备些什么，最后特别强调说："要多发动些群众来参加！"

等他指示完毕，我们几个跟他来的同志就告辞出来，让毛泽东同志和朱德同志可以安静地商谈更重要的事情。

我们走出来，看见田野山坡、村庄周围，到处是一簇一簇的人群。井冈山的战士和群众已经和朱德同志带来的战士们处得很熟了。他们相互倾吐盼望之情，相互介绍情况，谈论革命经历，展望未来前途，表示今后决心。到处欢声笑语，一片热闹景象。

5月4日这天，山明水秀的砻市更加美丽可爱，山茶花更红，油菜花更黄，溪水更清，秧田更绿。在砻市南边的一个草坪上，有一个用门板和竹竿搭起来的主席台，被无数的云霞似的红旗簇拥着。主席台两旁插满了写着"庆祝两支革命部队胜利会师""打倒国民党反动派"的标语板。

一清早，人们就川流不息地向会场走来，不到10点钟，20里路外的部队也都赶到了。会场挤满了人。部队和湘南农军约1万人，群众也不少。人山、旗海、歌声、笑语，汇成了喧闹的浪潮。

10点钟，由党、政、军、工、农各界组成的主席团，走上了主席台。我担任大会司仪，便宣布："大会开始！放鞭炮！"从树顶直挂到地面的鞭炮立刻响起来，经久不绝；排列在主席台前的司号员一齐吹响军号，号音整齐嘹亮，威武雄壮，响彻云霄，远近的山峰都传来回音。

军乐奏完，大会执行主席陈毅同志讲话了。他说："今天是'五四'纪念日，我们今天来开大会庆祝两支部队的胜利会师，是有特别重要的意义的。"接着他宣布，根据红四军军委的决定，全体部队改编为中国工农红军第四军，军长是朱德同志，党代表是毛泽东同志。

朱德同志接着讲话。他说："我们党领导的两支革命武装的会合，意味着中国革命的新起点。参加这次会师大会的同志，一定都很高兴。可是，敌人却在那里难过。那么，就让敌人难过去吧，我们不能照顾他们的情绪，我们将来还要彻底消灭他们呢！这次胜利会师，我们的力量扩大了，又有了井冈山作为根据地，我们就可以不断地打击敌人，不断地发展革命。"最后，他希望两支部队会师后，要加强团结。他又向群众保证，红军一定保卫红色根据地，保护群众分田的利益。他的话刚结束，就响起了热烈的掌声。

接着，毛泽东同志讲话。他指出这次会师是有历史意义的，同时分析了红军部队的光明前途。他说："我们红军不光要打仗，还要发动群众，组织群众。现在我们虽然在数量上、装备上不如敌人，但是我们有马列主义，有群众的支持，不怕打不败敌人。敌人并没有孙悟空的本事，即使有，我们也有办法对付他们，因为我们有如来佛的本事，他们总逃不出如来佛的手掌！我们要善于找敌人的弱点，然后集中兵力专打这一部分。十个指头有长短，荷花出水有高低，敌人也有弱有强，兵力分布也难保有不周到的地方。我们抓住敌人的弱点，狠狠地打一顿，打胜了，立刻分散躲到敌人背后去玩'捉迷藏'。这样，我们就能掌握主动权，把敌人放在我们手心里玩。"毛泽东同志这一番话，把大家说得心花怒放，信心倍增，全场响起了暴风雨般的掌声和热烈的欢呼声。

红四军参谋长王尔琢同志讲了一番关于军民关系的问题后，各方面的代表也都讲了话。大家都满腔热情地祝贺新成立的红四军，在将来跟反动派的斗争中取得伟大的胜利，根据地能顺利地发展和巩固。

　　毛泽东同志和朱德同志胜利会师的消息，迅速传遍了全中国。井冈山地区的红军声势更加浩大，井冈山革命根据地更加巩固、发展。会师后，在毛泽东同志领导下，取得了"4月至7月四个月的各次军事胜利和群众割据的发展"。尤其是6月23日龙源口大捷，歼敌1个团，打垮2个团，缴枪千余支，第四次击破江西敌人进攻，取得井冈山根据地创建以来的最大一次胜利。井冈山根据地扩大到宁冈、永新、莲花三个县全县，吉安、安福各一小部，遂川北部，酃县东南部，"是为边界全盛时期"。湘赣边界的红旗，渐渐燃起了附近省份工农兵群众的希望。这时，许多学生和安源煤矿工人，克服了重重困难，来到了井冈山。醴陵也有一批革命农民和学生，长途跋涉奔上了井冈山。后来滕代远、邓萍等同志率领红五军也来到了井冈山。井冈山成了中国革命的中心和坚强的堡垒。

会师台[*]

王耀南

　　秋收起义受挫以后，毛泽东同志率领起义部队从浏阳文家市出发，沿着湘赣边界，向井冈山进发。部队到达江西永新县的三湾村时，在毛委员的亲自领导下，进行了著名的"三湾改编"。我所在的爆破队除调出一部分人外，其余编为一营一连一排，我担任一班长。部队虽然压缩了，人员减少了，但是精干了。不久，我们这支队伍便跟着毛委员开上了井冈山。

　　到达井冈山之后，在毛委员的领导下，我们发动群众，消灭了当地许多恶霸地主和土匪，并与老百姓一起打了许多胜仗，建立和巩固了革命根据地，壮大了红军队伍。1928年4月28日，井冈山的部队和朱德、陈毅同志率领的南昌起义剩下的部队在砻市会师了。一天，我们正在擦拭武器，

　　* 本文选自《王耀南回忆录》，中共党史出版社2010年版，收录时做了适当修改。

政治部的领导把我们连长叫了去，说是有什么新任务。连长一回来，我们都围拢过去问个不停，想知道是什么任务。连长说："咱们两支革命部队会师了，毛委员命令我们在砻市西面的河滩上搭一个台子，要在 5 月 4 日那天开一个热热闹闹的联欢大会。"

接到命令后，我们可高兴了。连长带着我们几个同志来到砻市西面的大河滩上勘察地形。这时，已有好多战士和老百姓正在清理河滩上的卵石，他们抬的抬、挑的挑、抱的抱，把河滩上的大石头搬到一旁，用小鹅卵石填平坑坑洼洼的地方。

大河滩三面环山，一条溪水绕山而过，青山绿水在阳光的映照下显得格外美丽。台子就选在河滩南面的一块空地上，搭台子的任务由我们班来完成。我让战士从老百姓家里借来四个打谷用的禾桶，把它翻过来放在地上，作为台子的四只脚，有几个同志扛来几根长杉树干搁在禾桶上。开始，杉树干放在禾桶上总是滚来滚去，怎么也固定不住，架子也搭不成。我赶快放下手里的活儿，把几个战士召集在一起研究解决的办法。班里有个战士从小在矿上学木匠活，他说："俺在矿井里架坑木时，有时也固定不住粗大的坑木，就在每根圆木上钉上一个桩子，能不能用这个办法试试呢？"这下可启发了我们，于是大家把每根杉木的两头都钉上桩子，再用绳子捆紧拴牢，这样杉树再也不滚动了。架子支好后，就把从老百姓家里借来的床板、门板，按大小顺序拼放在架子上面，一个简易台子就算搭好了，我们在台子两侧竖起几十根竹子做旗杆用。

为了检验台子是否牢固，领导还派了 1 个排的战士在台子上面蹦呀跳的，热闹极了。我们还搬来几张长桌子和十几把椅子摆在台子上，在台子的两端放了几个长条凳子，当作上台的梯子，把打土豪时没收来的布做成旗子插在台子周围，"庆祝两支革命部队胜利会师""打倒帝国主义"等大标语挂在主席台的两旁。整个台子让我们布置得庄重大方。毛委员和总部首长走过来看后说："不错！不错！台子搭得好。虽然土气了点，但很牢固嘛。"我们听后都很高兴。

5 月 4 日天刚拂晓，人们就像潮水般地涌向会场。砻市宽阔平坦的河滩上锣鼓喧天、彩旗飘扬，会场上人山人海，战士们整整齐齐地坐在会场中间，大约有七八千人，几十挺机关枪摆在队伍的最前面，两旁挤满了老百姓，看样子足有两三万人，大家等待着毛委员和朱德同志的到来。大约 10 点钟，毛委员、朱德、陈毅同志和党、政、军的代表们登上了主席台，立刻掌声、口号声、欢呼声此起彼伏，整个会场洋溢着无比欢乐的气氛。

大会执行主席陈毅同志宣布大会开始，全体起立，奏军乐。然后，陈毅同志宣布："根据前敌委员会的决定，全体部队改编为中国工农红军第四军，军长由朱德同志担任，党代表由毛泽东同志担任。"接着，朱军长讲话，以前我们没见过朱德同志，这时只见他头戴军帽，身穿灰布军衣，打着绑腿，身体非常魁梧，显得特别有精神。他说："我们党领导的两支革命武装部队胜利会师了，大家一定都很高兴。现在，我们的力量扩大了，加上我们已经有了井冈山这块根据地，我们红军一定会不断地消灭敌人，不断地发展革命。我们这两支部队要加强团结，共同奋斗，保卫红色根据地，夺取革命的最后胜利。"他那浓重的四川口音和纯朴的语调，赢得了一阵阵的掌声和欢呼声。接着毛委员讲话，他首先分析了当时的斗争形势，指出了红军的光明前途。他说："我们两支革命队伍汇拢到一起，力量更强大了。敌人嘛，他是没有孙悟空的本事的，即便有孙悟空的本事，我们也有办法对付他们。因为我们有如来佛的本事，他们总是逃不出我们的手掌心。"台下一片笑声，我们使劲地拍着巴掌。毛委员停顿了一下又说："我们红军要善于抓住敌人的弱点，狠狠地打他，掌握斗争的主动权。"毛委员还告诫我们："今后要遵守革命纪律，爱护老百姓，尊重地方领导，和人民群众团结起来，把敌人彻底消灭。"毛委员的讲话通俗易懂、深入浅出，使红军战士和老百姓受到了极大的鼓舞，增添了斗争的勇气。在会上还有许多党、政、军的代表也发了言，他们热烈地祝贺两军胜利会师，表示了与敌人斗争到底的决心和信心。整个会议开得既严肃又活跃，最后大会在噼噼啪啪的鞭炮声和"打倒帝国主义""打倒国民党反动派"的口号声中胜利闭幕了。

会后，我们依依不舍地站在台子前面。许多战士风趣地说：“两支革命部队会师，多有意义呀，咱就把这台子叫作会师台吧。”对！就叫它“会师台”。

上井冈[*]

杨得志

那年我和哥哥杨海堂等 25 个筑路工人，从衡阳板子桥到韩家村投奔的是红军第七师。红七师原来是朱德、陈毅同志领导湘南起义时建立的一支队伍。大部分成员是宜章、郴州、永兴、耒阳和资兴等地暴动的农民。不仅有我这样兄弟二人同时入伍的，也有四五十岁的父亲带着十三四岁的儿子一起参军的。除了少数干部（当时叫官长）参加过南昌起义或在旧军队里当过兵之外，大多数人都没有打过仗。号称 1 个师，实际上只有几百人，而且武器极少。

我当通信员没多久，就被调到师属特务连二排七班当战士。当听到这个消息时，我高兴得又蹦又跳。因为除了我哥哥就在这个连的二排当班长不说，我还可以领到一支枪啊！只有战斗连队才能享受这样的待遇。可是通信员呢，只发梭

---

[*] 本文选自《杨得志回忆录》，解放军出版社 1993 年版，收录时做了适当修改。

镖。谁料想，到了七班，班长问过我的姓名之后，从稻草铺底下摸出一个梭镖头，说："去找根木棍砍砍，把它装好。"我一看，那生满铁锈、都快磨平了的梭镖头，比我在师部用的那个差远了。我脖子一拧，转身就走。

"杨得志同志！"班长截住我，火了，"我再说一遍：去找根木棍砍砍，把它装好！"他见我仍不伸手接那梭镖头，突然大声喊道："全班持枪集合！"

一班人横排站定，我呆了——原来包括班长在内，手中的武器全是梭镖和大刀。好几个人的枪头下面还没有绑上红缨呢，班长瞥了我一眼，说："想要支汉阳造，好呀！打仗的时候自己夺去！"说罢扬长而去。走了好几步才头也不回地喊："解散！"

班长走后，有位老兵悄悄地对我说："你这年轻人好野愣。你不晓得班长先前当过旧军吧？今天他没抽皮带，算你运气。"几天后，哥哥也来找我。我本想诉说一下自己的"委屈"，谁知他一见我就板着脸说："那梭镖头是农友们打土豪得来送给红军的，不容易哩，你怎么可以不要？"我嘴硬地说："那班长也不能那么凶呀，他简直像板子桥的工头！"不料这话激怒了哥哥，他两眼直盯着我，说："怎么可以这样讲话？他是红军的班长，是我们的亲兄弟！"我见哥哥急了，便说："等打仗的时候我拼死夺两支枪，送给班长一支还不行吗？"哥哥这才满意了似的。停了一会儿，把我拉到他身边，压低嗓门说："他当过旧军，有军阀习气。

开班长会时，连长批评他好一阵哩——批评是什么懂吗？批评就是开导的意思。"我望着哥哥，觉得他变了。才几个月不在一起，他懂了那么多的事情。

其实我的班长也是穷苦人出身，老家在云南，在滇军打黔军的时候被抓去当的兵，后来由贵州流落到湖南参加了红军。就在我哥哥找我的当天，他也找我来了。他把我叫到一棵大树旁坐下，搓揉着两只大手，却不开口讲话，我不知道他的意思，也不敢先说什么。闷了好一阵，他才说："发枪那事都怪我，莫往心里去就是了。我那军阀习气今后一定改！"我感动地抓住他的大手说："班长，我年轻，性子急，今后我有什么不对，你就尽管批评——开导吧！"

"好！好！"班长咧开大嘴笑了，突然话锋一转，问道，"打仗怕不怕死？"

"不怕！"我说。

"好！"他更高兴了，"我如今也懂了一点，当红军就是为了穷人不受苦。为这掉脑袋也值得。那才是真正的光宗耀祖——给穷人添光，耀穷人的祖先哩！"他停下来望着我，有点不好意思地问，"我的话你明白不？"班长的话说得我心里暖烘烘的。不等我回答，他又说："啊，对了，明天我带你和农友们一起打土豪去！"

第二天，我跟着班长打土豪去了。第一次参加打土豪，心里很激动，也有些紧张。但是看到集合在土豪的深宅大院的农友人山人海，满满腾腾，听到农友们在会上诉苦的时候，内心的紧张一点也没有了，还真想走到那临时搭起的台子上说几句话。因为眼前破衣烂衫的人们使我想起了家乡的父老乡亲，他们诉说的苦难使我想起了自己的兄弟姐妹。当人们从土豪的粮仓里运出一担担白米，从银库里搬出一罐罐银圆，从房屋里抬出一箱箱衣物的时候，大会进入了高潮。是啊，土豪劣绅真可恶！农民们没有粮食吃，他们却把那么多的白米放得生了虫；农民们打油买盐没得钱，他们装银圆的罐子却用鱼鳔封得死死的；寒冬腊月农民们衣不遮体，他们的绫罗绸缎却堆得发了霉！今天，也只有在今天，农友们才一个个扬眉吐气，他们分了粮，分了衣，翻身了。多么叫人高兴啊！

轰轰烈烈的湘南暴动真是大快人心，然而却震动了国民党反动派，湘粤两省的敌人沿着粤汉路向我们夹击。我也就在这个时候参加了平生的第一次战斗。

那天中午离开驻地的时候，班长问我："杨得志同志，今天要是碰上敌人你怎么办？"我把磨得锃亮的梭镖一举，说："就靠它来缴两支汉阳造！"我特别强调了"两支"两个字，可班长并没有怎么注意。他只是满意地点点头，上下打量了我一番，紧接着又问："你的红袖章呢？"我说："太脏了，没戴。"班长严肃地说："那可不行，不戴红袖章谁知道你是红军呀！"我想，也是，我们连军装也没有，红袖章是我们红军的唯一标志呀，于是我也不管脏不脏，赶紧佩戴好了。

黄昏的时候，我们刚刚爬上一座山梁，突然发现山下有些打着白旗，戴着白袖章，帽子上戴着白箍的队伍也往山上运动。"敌人！"我和好几个同志几乎同时喊道。这时连长喊了声"卧倒！"我们便都伏在了山梁上。许是因为我们的声音太大，敌人发觉了。他们没再前进。一霎时，周围静极了。我看到敌人一个个在往后退，退到只能模模糊糊看到人影的时候，突然响起了一阵炮声。班长见我不会利用地形地物，爬到我的身旁，按下我支着的胳膊，嘱咐说："身子再低一点，要不会吃亏的。"接着他又壮我的胆，说："不过你也不用怕，他们那是小炮，没有瞄准镜，只能吓唬吓唬人。"天越来越黑，敌人打了一阵炮，见无动静，便扯起嗓子高喊着"冲啊！"向我们扑来。我和同志们恨不得立即投入战斗，两眼盯着连长，等他下命令，可连长站在一棵大树后边一声不响。直到敌人快接近山顶了，连长才从树后跳出来，喊道："上！"班长随即在我背上猛拍一下，说："快，去夺他们的汉阳造！"

天黑，敌我混在一起。这既是一场近战，又是一场夜战。敌人虽然人人都有钢枪，但此刻在我们那磨得锋利的梭镖和大刀面前，却显得无能为力。

在这场白刃格斗中，我们是靠红白袖章来分辨敌我的。我虽然早就想从敌人手里夺"汉阳造"了，可这仗一打起来就似乎什么也不记得了，只想着如何用梭镖捅死敌人，多消灭敌人。每当我扯起嗓子高喊着"冲啊！杀啊！"扑向敌人的时候，敌人往往丢下枪就跑，而我，一点也没想到要得到他的枪，而是紧追不放。追呀追呀，不承想，追到两块山石之间，遇到一个拖着长枪不肯放手的敌人，当他再也跑不动时，扑通一声，双手举枪跪倒在我面前。这时月亮已经升起来了。我不知道为什么没有结果他的性命，只缴了他的枪，让他逃跑了。后来仔细一看，缴获的这支枪还是支杂牌枪，根本不是"汉阳造"。不过它总算是我第一次在战场上亲手缴到的胜利品。

战斗进行了三四个小时，就以我们的胜利结束了。我拿着缴获的那支杂牌枪直发愣，因为我原先想"夺两支'汉阳造'送给班长一支"，如今怎么给班长呢？没想到，当初说我"好野愣"的那位老兵这时气喘吁吁地跑来，对我说："快去，班长不行了。"我赶紧跑到仰卧在半山腰的班长身旁。原来班长被敌人的子弹击中了腹部，正流着血。看来伤势蛮重的！他见我跑来，艰难地笑了笑，没有讲话，只是指着他身旁的一支枪，眨了眨眼，好像这就是他要对我讲的话，也好像我一定会明白他的意思。我顺着他手指的方向，仔细一看，嗬，是真正的"汉阳造"！但怎么也高兴不起来。就在这一瞬间，班长睁着眼，停止了呼吸……

我背上班长留给我的这支"汉阳造"，踏上了新的征途。

我们的队伍眼看就要上井冈山了。一天，师部那位副官长找到我，一见面就说："杨得志，你同我一起回湖南吧。"

"为什么?"我问。

他摇摇头,心灰意懒地说:"我们是湖南人,为什么要留在江西呢?"

我答不上他的问话,只是问他:"湖南有红军吗?"

他也答不上我的问话。我们就这样分手了。

的确,对于他——第一个把我的名字填在红军花名册上的人,我是非常感激的。我尊敬他,不仅仅是因为听说他在北伐军里当过连长,是湘南暴动时参加红军的,更主要的是我当过他的警卫员,对他那种军人气质十分佩服。可他竟成了我见到的第一个离开红军的人。

不久,我们这支队伍在朱德、陈毅同志的率领下上了井冈山,并且在砻市与毛泽东同志率领的红军胜利会师了。这时我参军才四个多月。

会师大会马上就要召开了,地点就在砻市南边的一个广场上。同志们用门板和青竹竿搭起了主席台,在台上,支起块木板当桌子,又在台的两侧竖起了几块很大的标语牌,还在广场四周插上了许多红旗,使这里洋溢着节日的气氛。不一会儿,红军和当地群众就把整个会场挤得满满腾腾。我看到红军有这么多人,心里有说不出的高兴。虽然各部队的负责人不停地要求大家坐好,我们还是忍不住地站起来,看看那些虽不相识,却倍感亲近的同志。是啊,在井冈山下的时候,不要说见到红军部队,就是听说附近或者远处有一支我们的队伍都兴奋得不得了,眼下这情景,怎不叫人欢喜若狂呢！大会由陈毅同志主持，当他宣布大会开始时，鞭炮齐鸣，响声震天。紧接着由部队司号员组成的"乐队"吹号。号声虽然不那么整齐、悦耳，但雄壮得很。这时，陈毅同志宣布，所有的部队改编为中国工农红军第四军。军长是朱德，党代表是毛泽东。随后朱军长讲话。他讲了国际国内的形势，特别强调了两支红军部队会师后的团结问题。朱军长讲完，毛泽东党代表站了起来。这是我第一次见毛泽东同志。他很年轻，高高的个子，穿一身灰布军装，挺精神的。他论述了两军会师的伟大意义，指出了红军的光明前途，特别强调了要发动群众，依靠群众，建立和发展革命根据地。他讲话的声音比较尖细，但很清晰。尽管会场很大，我们坐在后面，照样能听清楚。由于我是湖南人，听到毛泽东同志那满口的湖南话，觉得特别亲切。我印象极深的是他讲了孙悟空的故事，要我们学习孙悟空的本领。他讲得深入浅出，我们年轻人高兴得直鼓掌。毛泽东同志讲话后，红四军参谋长王尔琢同志和各方面的代表也讲了话。

砻市会师大会后，我和哥哥都被编到了红四军特务营三连。他在一排二班当班长，我仍在二排七班当战士。

宁冈会师[*]

李聚奎

1928 年 11 月下旬，平江起义部队根据中共湖南省委的指示，向井冈山进发。

这时，红五军已将原来的 5 个大队编为 5 个纵队。其中第二纵队由黄公略同志带领，在平浏地区坚持游击战争，第一和第三纵队是红五军的主力，由彭德怀、滕代远同志率领奔赴井冈山。这时，我在第九大队任中队长。

红五军的第一纵队和第三纵队在第二纵队的掩护下，甩掉了"追剿"的敌人，向南进军，一路上，势如破竹，军威大震。部队在渣津还消灭了朱培德的 1 个整营，途经万载城时，又消灭了驻在该城的地主武装数百人，缴获甚多。为了尽量多带一些生活必需品，部队还把缴获的布匹，每人一卷，像少数民族的包巾一样，缠在头上，带上井冈山。

---

[*] 本文选自《李聚奎回忆录》，解放军出版社 1986 年版，收录时做了适当修改。

部队到达莲花城北 40 里处时，红四军特务营在何长工、毕占云同志的率领下由宁冈县赶来了。这是毛泽东、朱德同志得知红五军向井冈山开进后，特地派来接应我们的。两军相见，大家无比高兴。这时正值初冬，天气晴和，农民秋收已毕，广阔的田野呈现在我们的面前。所到之处，人民群众像接亲人一样，把我们迎进了自己的家门。

早在平江起义不久，彭德怀同志就常常给我们讲，毛泽东同志开辟的井冈山革命根据地是中国革命的旗帜，是红五军的榜样，任凭敌人多少次的围攻"清剿"，工农武装割据坚如磐石。当时，我们对彭德怀同志这些话半信半疑，现在见到了红四军的队伍，接触了根据地的群众，心里的疑问都消失了，一切是那么新鲜、亲切、温暖。大家经过几个月的辗转苦战，想到很快就要和毛泽东、朱德同志所领导的红四军会师了，心情更是无法平静。

12 月 8 日，部队到达宁冈县属的茅坪。第二天一早，朱德同志在彭德怀、滕代远同志的陪同下来到我们驻地。那时我们这支队伍大部分还是国民革命军的老兵，听说红四军的朱德军长来了，认为一军之长，一定是穿得很好，可是朱德同志却是上穿一件黑棉袄，下穿一条黄裤子，头戴一顶八角帽。队伍一集合，彭德怀同志向大家介绍说，这是红军第四军的朱军长，欢迎朱军长给我们讲话。大家一边鼓掌，一边笑了起来。心想，军长就是这个样子啊！朱德同志马上明白了大家笑的是什么。他说，同志们不要笑，无产阶级的军长就是这个样子的，革命总是要经过一个艰苦的阶段，不经过一个艰苦奋斗的阶段，革命就不能成功。接着，他讲了形势、根据地和红军建设等问题。这是朱德同志给我们做的第一次讲话，他那乐观、慈爱的笑容，让人一辈子也忘不了。

随后部队开出茅坪，去宁冈县新城参加会师大会。路上，遇到了红四军的队伍，我们就在路边的田里集合，让红四军先走。这时，毛泽东同志来了。彭德怀同志说，大家等一下，请毛委员给我们讲话。毛泽东同志身穿一套中山服，没有戴帽子。他一面讲话一面抽烟，走过来，走过去，讲了很多革命道理。我记得最清楚的是他讲的工农兵联合起来打遍天下的道理。他讲，工农兵弟兄三个，工人是大哥，农民是二哥，兵士是三哥。工农兵占总人口的百分之八十五以上。地主资本家是少数，掌权的军阀也是少数。他提问地说，多数人打少数人，谁能打得赢啊？当然是多数人打得赢。三个人打一个人，谁能打得赢？那当然是三个人打得赢。所以工农兵联合起来，打遍天下。那时，我们听了这些话，受启发很大，因为我们是农民出身，懂得的道理不多。

会师大会是 1928 年 12 月 11 日在宁冈县新城的广场上召开的。这天新城内外到处贴着"欢迎红五军""欢迎彭军长""庆祝两军胜利会师"的标语。红四军、红五军的全体官兵及周围群众 1 万多人，排着整齐的队伍，进入会场。

会场的台子是临时用麻绳把木头捆起来搭成的，比较简陋，毛委员、朱军长等领导同志上去后，台子就垮下来了。

那时，部队里有些老兵还讲迷信，譬如部队出发，旗子没有掌好，倒下来了，非把掌旗的打顿屁股取个吉利。今天台子垮了，有的人就议论开了："哎呀，这可是不吉利呀，今天会师就垮台了。"

这话大概让朱军长听到了。台子重新搭好后，朱德同志跑上台去，笑着对大伙说："同志们，你们不要迷信，这个台子是用绳子捆的，因为没有捆好，所以垮了。但是，我们无产阶级革命的台子是永远也垮不了的。"

会上，毛泽东同志讲了话，他高兴地说：今天我们红四军、红五军胜利地会师了，走到一起来了，我们的革命力量更加强大了，将来，我们会有更多的红军、更多的根据地，最后的胜利一定是我们的。全场响起了一片热烈的掌声。接着，朱军长、彭军长、滕党代表都在会上讲了话。

两军会师以后，不几天红五军就上了井冈山。

红四军的建立*

张宗逊

　　1928年3月上旬，湘南特委要求工农革命军取消前委，军队不管地方工作，并指示工农革命军开往湘南，配合湘南暴动。于是，毛泽东同志任第一师师长，率第一团和第二团离开井冈山革命根据地，向湘南进军。

　　这时，江西国民党军队1个团进到宁冈县（新城）向井冈山进攻，当时在该团的罗炳辉带先头营尾追革命军，工农革命军以第一团一营为后卫，在鄜县沔渡抗击敌人，击伤了罗炳辉，阻止了敌人追击。后来罗炳辉起义当了红军，还经常谈起这件事。在沔渡战斗中，敌人俘去我军在新城战斗中负重伤的排长申耀灵（中共党员）和战士五六人。申耀灵是云南人，被俘伤愈后在罗炳辉部当传令班长，后来在吉安和地下党取得联系，罗炳辉在吉安起义的时候，他起了很大

---

* 本文选自《张宗逊回忆录》，解放军出版社2008年版，收录时做了适当修改。

55

作用。但是在起义执行任务时，申耀灵同志不幸壮烈牺牲。

大约在 3 月 10 日前后，工农革命军第一团进到酃县中村坪工作了十多天。在这期间，部队派出宣传队到附近村子做地方工作，毛泽东给排以上干部上了一次政治课，讲课的题目是《关于无产阶级》，目的在于使干部们懂得无产阶级是产业工人，不是无产游民；提高干部政治水平，自觉地抵制和批评"左"倾盲动主义的烧杀政策。湘南暴动中"左"倾盲动主义者提出烧杀政策的理论是："使小资产阶级变成无产者，然后强迫他们革命。"这是一种很危险的倾向，它会使革命斗争变成恐怖行动，把自己孤立起来，反而帮助了敌人。由于毛泽东同志的正确领导和教育，工农革命军第一团所到之处，很少烧杀行为，受到广大群众拥护。

第一团在中村工作的时候，团士兵委员会还召开了全团军人大会，向全团指战员报告士兵委员会三个月的工作情况，宣布了给团教导队一位排长的处分决定。这位排长因为和教导队队长吕赤（四川人，黄埔四期毕业生）擦拭打土豪收缴来的手枪时，不慎走了火，吕赤同志不幸中弹身亡。毛泽东知道这件事以后，指示士兵委员会去处理。经士兵委员会讨论并经毛泽东同志批准，决定给这位排长打四十下手板的处分，以示惩戒，通过这件事也体现士兵委员会在部队中的地位。

在毛泽东同志领导下，经过"三湾改编"成立士兵委员会，实行民主集中制度，发扬政治民主和经济民主（以后又加上军事民主，称为三大民主），部队的建设有了很大加强。通过士兵委员会的活动使广大干部、战士懂得了人民军队为人民的宗旨，亲身感受到士兵委员会是代表士兵利益的，部队的作战和工作不但和自己的切身利益紧密联系在一起，而且是为整个工人和农民的阶级利益而奋斗。士兵委员会在改善官兵关系、军民关系，克服军阀主义残余等方面都起了很大作用，部队从旧军队沿袭下来的雇佣思想和生活习气也得到一些纠正。因而部队的革命热情空前高涨，干部、战士都自觉地遵守纪律，克服各种错误思想，努力完成各项任务。士兵委员会这种组织形式在当时确实起到了很好的作用。

大约是同年的 3 月下旬，工农革命军在桂东县韩岭坳打垮了地方地主武装胡凤章部，并进驻桂东的沙田圩。部队在沙田圩停留了半个月，主要任务是做地方工作。在毛泽东亲自领导下，以班、排为单位，组织工作组，到各村去调查阶级斗争情况，宣传工农革命军的性质和任务，宣传地主豪绅剥削穷人的罪恶，宣传劳动大众不起来闹革命一辈子也不能翻身的道理，启发、提高群众的阶级觉悟。经过深入的宣传工作和组织工作，当地的群众很快就发动起来，打土豪、打劣绅，分田地、分浮财，并建立了工农兵政府和共产党的组织，赤卫队和游击队也同时组织起来了。我们第二连每天的工作情况是由各工作组组长向连党代表蔡钟汇报，再由他向毛泽东同志做综合汇报。毛泽东同志及时指出我们工作中需要注意的问题，推广好的做法，使全部工作进展得很顺利。在沙田圩短短十多天的实践，由于毛泽东同志的谆谆教导，部队初步学会了群众工作的方法，懂得了干革命光靠军队不行，而要深入群众，宣传群众，发动群众，组织群众，武装群众，才能壮大人民革命武装，发展红色政权。

在部队结束了沙田圩工作，准备向汝城行动之前，毛泽东在沙田圩召集连以上干部开会，征求大家对地方工作的意见，研究部队下一步行动的方向。我参加了这次会议，会上，毛泽东同志讲了"插牌子分田给农民"（在竹牌上写明某田、地多少亩，分配给某人）的重要性，建立红色政权和武装群众的必要性，还讲了在沙田圩一带建立游击根据地的可能性。以后形势的发展证明，毛泽东同志的预见是十分英明正确的。

在这次会议上，毛泽东同志重新强调了1928年1月间在遂川宣布的工农革命军三大纪律，即：一、行动听指挥；二、不拿工人、农民一点东西；三、打土豪要归公。并且第一次宣布了六项注意，即：一、上门板；二、捆铺草；三、说话和气；四、买卖公平；五、借东西要还；六、损坏东西要赔。公布和实行这"三大纪律""六项注意"，在当时是彻底改造雇佣军制度，建立真正的人民军队的重大措施。在此基础上，后来发展成为我军光荣革命传统的三大纪律、八项注意。

4月上旬，工农革命军第一团配合湘南起义部队行动，进占汝城县城。县城里没有敌人正规军，只有地主武装何其朗部，他们在我军到达之前即闻风逃跑了。部队在汝城工作了一个多星期，汝城较桂东繁华，我军筹集了一批经费和物资，以后就主动撤离汝城向资兴方向行动。

这里需要提到的是，对于盲动主义的烧杀政策，工农革命军第一团的领导人在认识上并不完全一致。在湘南暴动中一些盲动主义的做法影响下，也有些人是主张烧杀的，这些人盲目地认为，烧杀政策是党中央的精神。4月10日前后，部队退出汝城县城的时候，在一天夜晚，上级就曾命令我带1个排去烧房子，由于有毛泽东同志在中村坪的教导，我当时只是敷衍了事地执行任务，没有挨户去烧，只找了两家大一点的商号去烧，并且在放火之前先把主人从床上叫醒，我们一边放火，主人就一边灭火，我们走后，火很快就扑灭了。"左"倾盲动主义路线这种大烧大杀的"赤色恐怖"后果是严重的。由于毛泽东同志的坚决抵制，井冈山周围几个县才没有搞烧杀，避免造成群众损失。

4月中旬，由于湘、粤军阀范石生和何键的部队进逼，朱德和陈毅同志率领南昌起义保留下来的部队和湘南起义的农军，由永兴、耒阳、资兴向酃县井冈山地区移动。毛泽东同志得到消息以后，立即率领工农革命军经八面山彭公庙回井冈山，和朱德同志率领的部队在酃县地区会师。这时湘敌吴尚部紧紧尾追朱德的部队，毛泽东同志率领工农革命军第一团坚决掩护朱德部队的转移，毛泽东同志命张子清团长带

1 个营担任阻击任务，迫使敌人停止追击，保证了主力部队安全转移。张子清同志在这次战斗中身负重伤。张子清同志是湖南益阳人，在湘军讲武堂毕业，中共党员，当时他年纪稍大一些，秋收起义时在第三团当营长，这次负伤以后，长期医治不好，1930 年就去世了。

朱、毛两支部队先后抵达宁冈砻市。1928 年 5 月 4 日，这天风和日丽，巍峨的井冈山显得特别清新青翠。在山明水秀的砻市南边一个大草坪上，用门板和竹竿搭起一个主席台，周围红旗飘扬，军号嘹亮，鞭炮声不绝于耳，一片人山人海，两支革命部队在这里举行胜利会师庆祝大会。大会执行主席陈毅首先讲话，他说，今天是"五四"纪念日，我们来开大会庆祝会师，有特别的重要意义。接着他宣布两支部队合并，成立中国工农红军第四军，由朱德任军长，毛泽东任党代表。

朱德和毛泽东同志都在会上讲了话，他们指出红军的光明前途，虽然现在我们在数量上、装备上不如敌人，但是我们有马列主义，有群众的支持，不怕打不败敌人。他们希望部队会师后，要加强团结，红军一定要保卫群众分田的利益，保卫红色根据地。他们的讲话使大家增强了取得革命胜利的信心，全场不断响起热烈的掌声和口号声。

从此，进入了中国工农红军第四军的新的历史阶段。

团结改造袁文才、王佐部队

何长工

袁文才、王佐是井冈山两支地方武装的领袖。早年这两支武装是井冈山的绿林，袁、王二人是拜把子兄弟，结为"老庚"。马日事变后，袁文才、王佐都是赣西农民自卫军的副总指挥。袁文才带领一支部队驻扎在宁冈茅坪，王佐带领一支部队驻扎在茨坪大小五井一带。一个在山上，一个在山下，互为配合，据守着井冈山。

工农革命军开始进入井冈山区的时候，他们对我们不了解，有戒心。1927年10月3日，在古城会议上讨论对袁、王部队的方针时，有人曾提议，解除他们的武装，把他们解决，他们那几十支枪，一包围缴械就完了。毛泽东同志说："谈何容易，你们太狭隘了，度量太小啦。我们不能采取大鱼吃小鱼的吞并政策，三山五岳的朋友还多呢！历史上有哪个能把三山五岳的土匪消灭掉？三山五岳联合起来总是大队伍。"毛泽东同志说服我们，不能只看到几个人、几十杆枪的问题，这是个政策问题，对他们只能用文，不能用武，要积极地争取改造他们，使他们变成跟我们一道走的真正革命武装。

对袁文才及其部队的改造，毛泽东同志和宁冈县委做了许多工作。袁文才是知识分子，又是党员，比较通情达理。在三湾，毛泽东同志接见宁冈县委负责人龙超清时就与袁文才取得了联系。古城会议后，我们送了 100 多支枪给袁文才，袁文才也送了 600 块大洋给我们。毛泽东同志还派了徐彦刚、游雪程、陈伯钧等干部去袁文才部队中，对部队进行改造和训练。

对王佐及其部队的改造，是毛泽东同志派我去进行的。

王佐集合队伍，当众宣布说："弟兄们，毛委员给我们派来了党代表，今后大家要尊重党代表，同心同德，团结一致，发展我们的事业……"他很会说话，言辞流利，富有鼓动性。

他手下有 1 个营，2 个连，约 204 人，110 条枪。他们实行季节性和临时雇佣性的兵役制，无事窝兵务农，有事揭竿而起。士兵个个强悍，都穿着杂色衣服，盘着长发，善爬山。听人说，他们下得山去，若是打散了，便会自动跑回山来。这些士兵对我的到来，也无敌意，这使我增强了信心，暗暗想，只要能深入到士兵中去，在群众中生下根，事情就好办。

事情要比预料的困难得多。当时，王佐看到革命形势的发展变化，想靠近我们，但是又怕我们拆他的台，因此戒心很重，故意说我住在司令部不方便，把我安置在离他一里路之外的一处小屋里，并且派了一个个子很高大、颇不简单的"勤务兵"，明则照顾，实为监视，采取"敬而远之"的态度。王佐还特别对我说："你初来山上，人生地不熟，千万不要随便行动，以免发生意外。"这话听起来客气，实际上是给我的警告：不许私下活动，不准与士兵接近。

　　为了消除王佐对我的戒心，我便经常到他家里去坐坐，有时还帮他办些家务事，趁机向他的母亲、哥哥、妻子宣传些革命道理。王佐对我到他家里去并不反感，认为我这是"爱朋友""讲交情"，这就开了方便之门。王佐脾气很坏，报复心很强，对人不做阶级分析。过去，王佐经常带人下山打反动民团，有时打赢，也有时受损失吃亏，他抓到人就杀。对别人的劝说，他听不进去，但他是个孝子，他母亲的话，还是能够听得进去。他母亲信仰"同善社"，也认为这样杀人不好，我得到了他母亲的支持。有一次，王佐正好抓到几个人是尹道一那边的，王佐又想把这几个人杀掉。我发现后，问为什么要杀这几个人？王佐说，他们虽然不是土豪，但他们是土豪的狗腿子。我说，对这些人要做分析，他们大部分是穷苦出身，山上山下多年对立，不利于你的发展。要搞好山上山下的群众关系，否则你就不能发展。我又说，这几个人可以审查一下，先不要杀，查清了再杀。他的母亲也出来帮着说话了，才没有把这几个人杀掉。此后经过几次劝说，杀人就少了。他抓到人机动处理，先把人关起来，叫他拿东西来交换，有时通过这些人还搞了一些情报，买到了一些商品。由于注意了政策，山上山下的群众关系好多了。一次，我对他说，以后杀人要经过毛委员批准，如果随便杀人，搞坏了关系，毛委员就要开除我的党籍，杀错了人就破坏了我们的政策，失掉了政策就失掉了群众，失掉群众，革命就要失败。渐渐地，王佐明白了这些道理。同时我还经常与"保卫"我安全的那个警卫谈话，我感觉到他是要求革命的。他说我是山上的小老师，他自己不懂军事，要求帮助他。通过多方面的工作，王佐渐渐地主动接近我了。

王佐有一次同我谈起了他的宿敌尹道一。尹道一是井冈山七县反动民团总指挥，有名的恶霸地头蛇。王佐和他打了多年，连王佐的侄女都被尹杀掉了，结下了血海深仇。问我有什么办法把他收拾掉。我想，这反动武装是我们发展井冈山根据地的一大障碍，便问起王佐以前和他打仗的情况。

原来尹道一一向很轻视王佐，他仗着人多势大，每次和王佐打仗，总是穷追一气。王佐说："这贼真不好，经常追到罗浮、旗锣坳，有时甚至追到茨坪。"我了解到这个情况后，便说："好！只要他会追就好办。"于是我提出建议，选一个有利地形，打他的埋伏。

王佐听了，两眼眨眨转了几转，两手一拍叫道："着！此计甚妙。不把这个贼子消灭我决不甘心。"

后来，我和王佐及刁飞林、李克昌、王云隆、王佐的秘书，一起在王佐茨坪办公室召开了秘密会，摆了一张地图，分析地形怎么打。我说："只要能把他引到旗锣坳，就有办法把他的脑袋拿下来，你自己不用去打。"大家根据我的意见，仔细研究了行动计划，当晚率领部队下了山。

尹道一的司令部，驻扎在永新县东乡的拿山。从那里到茨坪，中间要经过一个险要的山坳，叫旗锣坳。我和刁飞林带1个连兵力埋伏在这里，王佐和李克昌带一支人马赶到尹道一所在地拿山。他们拂晓打响，天一亮回头便跑，尹道一不知是计，带领反动民团，猛追出来。

我们的部队佯装败退，天将中午时，过了旗锣坳，退到白银湖附近。尹道一的部队追赶我们的大队去了，他自己带着一个班落在后面，慢慢到了旗锣坳。那时正是农历正月，身上穿的衣服很厚，尹道一一边脱下衣服休息，一边抽大烟，他下面的一些人正在搞饭吃。我和李克昌埋伏在林子里看得清清楚楚，指挥部队一起开火，几个排枪打过去，他们就乱了，统统带了花，只有尹道一一个人没有带花。我们一个班冲下去，把尹道一活捉了，将他的脑袋割了下来，用手巾包了，然后走小路回山。

这一仗，我们六七十人伤了15人，没有一个牺牲。尹道一的部队伤了100来人，死了一二十个。我们缴到了一二十支枪，全是土货。随后，大摆宴席。这一夜，山上灯火通宵不熄，如同过年一样。王佐喝了个大醉。不时把大拇指伸到我面前，连连说："毛委员派来的人，有办法！"

其实，这个小小的伏击战，对我们每个工农革命军指战员来说，并不是什么新奇的东西。这是毛泽东同志上山后经常教导我们的基本作战方法，但在王佐的眼里，却是了不起的事。

这次战斗的胜利，对他们来说，是从来没有过的特大喜事。从干部到战士，思想情绪发生了很大变化，人人笑逐颜开，个个斗志昂扬，出出进进歌声不断。于是，我便抓住这个有利时机，在部队开展了政治思想工作。当时我发现他们唱的歌都是些山歌小调，缺乏现实生活的斗争内容。一天，我对王佐说"你们歌唱得不齐"，没说不好。王佐说："你不是会唱歌吗？找些人来你教教。"于是，便从各连抽三名士兵，组织了一个"学歌"小队。这当然是个好机会，通过教歌，对士兵进行革命教育，又通过他们去宣传别人。从此打开了接近士兵的大门。

打完尹道一，王佐提出要扩充部队，我根据毛泽东同志的指示，建议袁、王两支部队合成一个团。王佐也有此心，便提出要和他"老庚"袁文才商量。袁文才的工作，毛泽东同志和宁冈县委书记龙超清同志已做好了。

1928年2月上旬，在宁冈大陇举行了庆祝合编大会。正式宣布改称为中国工农革命军第一军第一师第二团（成立红四军后，改叫三十二团）。张子清同志代表前委宣布了改编决定，并在会上讲了话。根据他们自己的决议：袁文才为团长，王佐为副团长，我为团党代表。在此前后，应袁、王的要求，还从一团派 24 名干部分别到袁、王部队工作。我记得康健、徐彦刚、文成斌、宋任穷、张国华等同志就是派到王佐部其中的几位。当时，袁文才部是一营，营长徐彦刚，党代表熊寿祺；王佐部是二营，营长刁飞林，党代表何长工，同时还派了几个司务长帮助他们搞伙食。团里成立了党代表办公室，以及工农运动委员会。从此，党的政治工作便在这支部队里生了根，加强了部队的革命化建设。

毛泽东同志对改造袁、王部队是费了不少心血的。毛泽东同志曾对我说，我们打了胜仗，要经常送点东西给他们。打下宁冈县断城，活捉了反动县长张开阳，我们把缴获到张开阳的皮袄给了王佐；打了杨如轩，给了他一匹马。部队打到南雄，我还给他买了一个留声机，王佐都非常高兴。毛泽东同志说，我们可以送东西给他，但不能要他们的东西。改编时，王佐的部队主要在下庆、茨坪、大井进行训练。毛泽东同志和袁文才的接触多，亲自找袁文才谈话，做他的工作，和王佐接触少些，但毛泽东对袁文才的改造对王佐有影响。在改造中，毛泽东路过井冈山时，见过王佐一两次，一次从茨坪路过，和王佐谈了大半夜，事后王佐兴冲冲地向我说："毛委员是最有学问的人，跟他谈上一次，真是胜读十年书啊！"

毛泽东同志对袁、王部的改造指示得很具体、很及时，经常指出工作中的重点和处理问题的方法。部队改编为工农革命军第二团后，他又指示说："不能满足已有的成绩，要继续抓紧部队的政治工作。"

摆在我们面前的严重政治任务，就是如何使这支为少数人掌握的武装变为党领导的武装，使得绿林好汉、游民习气很重的部队，变为有组织、有纪律、有战斗力的部队。在部队内部的关系方面，要以革命的上下级关系、同志关系代替封建雇佣关系，加强无产阶级思想教育等。

从第一团来的20多个同志，都是优秀的军事和政治工作干部。我们一起分析与研究了王佐部队的特点，做出了具体工作计划。首先通过开展文娱活动，发现士兵中的积极分子，进行党的发展工作。同时开始建立政治课、文化课的制度。通过新旧事物的对比教育、形势教育启发广大士兵阶级觉悟。这时还提出了向一团学习的口号，连队的制度和建设，都以第一团为榜样，并组织下级军官和士兵去第一团参观。第一团是毛泽东同志亲自领导的。这支秋收起义的部队，经过三湾改编，建立了革命秩序，官兵平等，经济公开，和群众的关系密切，部队思想觉悟很高。去参观的人，无不羡慕，甚至有的士兵参观后，都不想回来了。

王佐虽然没有去参观（他是不轻易下山的），但听到他手下的人称赞第一团，他也说："咱们向他们学习，他们怎么做，我们就怎么做。"于是，士兵委员会组织起来了。

士兵们开始了新的生活，剃去了长发，换上了新军装，学唱歌，学演戏，茨坪山上充满新的气象。王佐看到这一切，也感慨地说："共产党真会领兵，会做群众工作，深得群众拥护，照这样下去，怎能不打胜仗?"

3月，井冈山的部队应湘南特委要求，去支援湘南起义，同时掩护朱德、陈毅同志率领的南昌起义部队到井冈山同毛泽东同志率领的部队会师。因此新生的第二团也踏上了征途。这是它走向较大规模作战的开始，也是它在政治上得到进一步改造的良好时机。

每到一处，群众夹道欢迎，送茶送水，十分亲切。这是王佐和他手下的人从来没有见到过的。他们使劲地鼓掌，并不时兴奋地回头对我说："党代表，党代表，人民群众对我们太好了，太好了。"

王佐从来没出过远门，没见过大世面，出了山，他对一切都觉得新鲜。

部队驻下以后，他到街上去逛，东看西看，看到电灯也奇怪地说："嘿! 好古怪的东西，不点火会亮。"

这次出征，使王佐扩大了眼界，增长了知识，受到了群众革命斗争的教育，坚定了他革命的信心。晚上，他兴奋地谈着自己的见闻，谈着人民群众如何热烈地欢迎他，自言自语地说："我30年来住在山里，真不知外面还有这样好的东西，这样好的地方，将来，我们把山上也搞成这样的局面，那该多好!"

这时候，我便对他说："共产党领导人民革命的目的，就是要推翻剥削阶级，解放劳苦大众，建立更美好的生活。"同时对他说，一个革命者，首先为大多数人民着想，绝不是为着个人。他听了点头说："此话有理！此话有理！"

这次下山，王佐原来是有顾虑的，担心回不了井冈山，担心部队垮了。资兴县的滁口一仗，在湘南第七师的配合下，打垮了敌人2个团，缴获了很多枪支，王佐信心高了，特别是不久以后，井冈山成立了红四军，第二团改为红四军第三十二团，对他更有鼓舞。

回到井冈山后，一天吃罢饭闲谈，他突然问我："党代表，你说，像我这样的人，有没有资格入党？"听他这话，以及从湘南回来的许多表现，可以看出他内心起了很大变化。这是半年多来党的政策对他影响的结果。同时，红军日益扩大，人民拥护党、拥护革命的真诚行动，也使他认识到，只有跟共产党走，才是唯一的出路。我便向他解释入党的条件，鼓励他今后更好地靠近党，把心交给党。他听了后连连点头。

改造这个人是不容易的，改变这支部队的一套旧制度、旧作风，更是一场严重的斗争。我们遵照毛泽东同志的指示，开始组织士兵委员会，很多连长反对。他们说："什么都要士兵讨论，还要官干什么？"连队公布伙食账，有的连长发脾气说："公布什么账，我贪污啦？"士兵唱歌演戏，有的连长说："这是兵营，还是戏班子？"为着这些，营连党代表不知说了多少话，磨破嘴皮和他们谈，特别是废除打骂现象，一开始遭到很多人反对，有的甚至说："鸟是养出来的，兵是打出来的，不打不骂怎么成！"

我们说服了王佐、袁文才，并要他们下命令，不准打人。这样，公开打人的现象逐渐地减少了。但又出现了许多变相的打。如扭耳朵，扭眼皮，罚跪。为了彻底纠正打骂士兵的军阀作风，各连党代表发动群众起来斗争。当时打人最凶的是七连副连长，一天行军中，有个士兵犯了点小错误，他当即拿绳子把他绑起来，该连的党代表说服无效，路上别的连队党代表看见了，就鼓动士兵们一齐喊口号：反对绑人！反对军阀残余！那个副连长在群众的压力下和其他同志的帮助下，只好认错，把人放了，经过一番内心斗争，事后找到党代表做了检讨。

随后部队建立了党的组织，党员的人数天天增多，更加速了部队的改造。许多旧习气、旧作风也慢慢改变了。加上割据区域的发展，土客籍广大群众拥护党、拥护革命，这就大大影响了部队士兵。士兵进步，推动了袁文才、王佐进步。他们两个以及许多干部的进步，也影响着部队。从上而下，从下而上，从外部到内部，许许多多因素，促使着这支部队迅速改变面貌，从落后变先进，从游击变正规，从分散变集中……

虽然也有个别流氓习气重的人拒绝改造，逃跑叛变了，但绝大多数人都走向了革命道路，做了新人。王佐后来也入了党。1929 年部队扩编为红五军第五纵队，王佐做了司令。原来王佐手下的一名号兵，在红军长征时也做了团政治委员。

袁文才、王佐部队的新生，为后来改造旧军队创造了一个好的范例，积累了宝贵经验，是毛泽东同志无产阶级建军路线的一个重大胜利。

新城大捷[*]

韩 伟

  1928 年 1 月下旬，国民党江西省主席朱培德趁我军在遂川分兵发动群众之机，指派杨如轩第二十七师八十一团和七十九团 1 个营进攻万安，威逼遂川；又以 1 个营进犯宁冈，对我们割据区域发动第一次"进剿"，企图以两面夹击的方法消灭我们工农革命军，毛泽东看出了敌人的诡计，迅速把我们分散在遂川各乡的队伍集中起来，转移到井冈山的中心地带。这时，敌杨如轩不知我军的去向和意图，一面指挥其部队主力紧逼遂川，一面指挥其 1 个营和当地反动武装 1 个靖卫团，占领了井冈山割据区域的北大门——新城。新城是宁冈的旧县城，西南连砻市，南通茅坪，东北扼守宁冈至永新的交通要道。敌人占据新城，对井冈山割据区域造成了严重的威胁。可是，进占新城之敌是孤军深入，成天提心吊

胆，时时谨慎小心，加强城防，戒备森严。据此，毛泽东指示我们部队隐蔽集结待命，抓紧时间休整。休整的内容，在军事方面，主要是攻城的战术技术，如主攻、佯攻、攀登、破门、冲锋、巷战，等等；在政治方面，主要是从士兵的切身利益说起，宣传实行土地革命和建立工农兵政权，以及实行工农武装割据，巩固扩大工农革命军，创建井冈山革命根据地的重大意义。

在我们休整期间，毛泽东指示中共宁冈县委组织各区乡群众武装赤卫队和暴动队，不分昼夜地进行袭扰，以困惑和麻痹新城之敌。开始，敌人不知虚实，一日数惊，坐立不安。后来，敌人通过侦察，没有发现我军主力，误认为只是一些手持梭镖之类冷兵器和少数土枪的群众武装，人数不很多，战斗力弱，威胁不大，便麻痹骄傲起来，逐渐放松警惕和戒备，每天大摇大摆地吃喝玩乐，甚至也不经常出操了。

敌人的弱点暴露出来了，毛泽东紧紧抓住，决定以工农革命军第一团（团长张子清、党代表何挺颖）全部、第二团（团长袁文才、副团长王佐、党代表何长工）1个营的优势兵力，突然行动，攻其无备，一举拿下新城。2月17日，我军奉命在茅坪集合，毛泽东亲自做攻城动员。他说，敌人麻痹大意，放松戒备，我们突然袭击，攻其不备，完全有把握拿下新城。并要求参战部队提前吃完晚饭，每人带上一天的干粮，待命出发。毛泽东简明扼要的动员，增强了指战员夺取胜利的信心。参加的部队，立即做好了一切攻城的准备。当日晚上，我们接到命令，便火速向新城开进，隐蔽进入指定位置。

新城周长 1300 米，东西宽 433 米，南北宽 366 米，四周有城墙，分为东南西北四个城门，城门为木质结构，易守难攻。经过我们侦察，得知敌人驻防情况是：杨如轩所部 1 个营的营部率 1 个连在国民党县政府，另 1 个连在靠近北门的城隍庙，还有 1 个连在南门外西侧的巽峰书院，地方反动武装靖卫团，则在靠近西门的西门街。

毛泽东分析上述情况后，决定采取"围三缺一、调虎离山"的战术，歼灭该敌。具体攻城部署是：第一团一营一连、三连主攻东门；第三营和第一营二连佯攻南门，主要任务是消灭巽峰书院之敌，而后攻破南门；第一团特务连攻北门；第二团和赤卫队、暴动队等群众武装 1000 多人，埋伏在西门外的上曲石和下曲石附近，待机消灭出逃之敌；指挥部设在南门外的棋山上，毛泽东亲自在这里负责指挥。那时，部队没有电话或别的通信设施，毛泽东指挥战斗，一是传递条子，二是用通信员传令。

2 月 18 日拂晓前，我军全部进入阵地，秘密地包围了新城。待到天亮，巽峰书院之敌在城门外操场架好枪支，挂好子弹袋，集合做徒手操，正喊着"一二一"时，我们排一个排子枪打去，顿时敌人大乱，喊爹叫娘，不顾自己的枪弹，纷纷跑进城里去，关上城门。我们当场打死打伤敌军多人，缴枪 30 多支。

与此同时，东门我军也开始进攻了；北门我军则是虚张声势，震慑敌人，防止敌人夺路向永新方向逃窜；西门我军按计划埋伏不动，待机歼灭向西突围之敌。

在巽峰书院之敌逃入城内的过程中，我们乘胜前进。在火力掩护下，连长贠一民带领战士们，扛着用木头和竹子做的梯子跑步前进。转眼间，梯子搭上城墙，突击队在游雪程的带领下沿梯而上，翻墙进入城内。还有身背稻草的战士们，迅猛冲到城门口，点燃稻草，燃起熊熊大火，很快烧毁了城门。我军多数同志，就乘城门浓烟未散之际，高喊"冲呀""杀呀"地冲进城里。同时，东门我军借用老百姓的楼梯子攀登城墙，动作神速，首先进入城内。

这样，南门和东门相继被我们攻破，企图据城死守的敌人大乱，向北门溃退，准备弃城逃跑。严阵以待的北门我军英勇阻击，把敌人顶了回去。此时，南门和东门进城的部队，以迅雷不及掩耳之势，穷追猛打。敌人受到三面围攻，见势不妙，发现西门方向没有动静，就打开西门外逃。出城不远，是片稻田。埋伏于西门外上曲石和下曲石附近的我军与群众武装1000多人，利用有利地形发起猛烈攻击。在我军前后夹击下，敌人走投无路，死的死，伤的伤，投降的投降。

战斗干净利落，到当天下午2点左右结束，全歼敌人1个正规营和1个靖卫团，击毙营长王秉清（国桢）、靖卫团长李树渲，活捉敌县长张开阳和敌军400多人，缴枪400多支（挺）和其他一批军用物资。当地人民群众高兴地说：

"人数众多的杨如轩，毛委员一棍子把他打到赣江边。"新城之战，不仅为壮大我军力量创造了条件，扩大了赤卫队和暴动队，开创了以宁冈为中心的湘赣边界工农武装割据的新局面，而且为井冈山革命根据地的初步形成和发展奠定了基础。至此，赣敌第一次"进剿"被我们打破了。

2月19日，我们押着几百个俘虏，胜利回师茅坪。一路上，我们很多同志背着双枪，扛着缴获品，不时发出愉快的笑声。这时，我们不由得想起过去吃败仗的情景，大家纷纷议论起这次作战的胜利来。

"这才叫打仗，不打便罢，一打就来个干净彻底，又抓俘虏，又缴枪。"

"这是我们工农革命军第一次吃掉敌人一个正规营，真是了不起。"

"这就是毛委员说的，蚀本不干，赚钱就来。"

到达茅坪，我们第一次听到毛泽东宣布优待俘虏的政策。主要内容是：不打、不杀、不虐待俘虏；不搜俘虏腰包；给被俘伤病员治疗，根据愿留则留、愿走发放路费的原则，对俘虏做妥善处置。后来成为我军将领的谭辅仁，就是在新城之战中被解放参加我军的。记得还有一些同志，也是这样参加我军的。

坪石大捷[*]

赵　镕

宜章年关暴动的胜利，震撼了湘南和粤北的反动统治，蒋介石慌了手脚，急忙派马日事变的头子独立第三师师长许克祥率领该师 6 个团的兵力，从乐昌北犯宜章，企图一举扑灭刚刚燃起的革命烈火。面对优势敌人的进攻，朱德、陈毅根据南昌起义以来作战的经验教训，决定摆脱强敌，采取打游击、打运动战办法消灭敌人。遂于 1928 年 1 月 22 日，率领工农革命军离开宜章，向西南方向的黄沙堡、笆篱堡、圣公坛一带转进。于当天夜晚攻克了黄沙堡，把缴来的枪支弹药全部转交给当地农民群众，并派三名军事干部在黄沙堡组织农军，宜章县委也留下七八名干部帮助开展工作。第二天部队开向长村。朱德先带着两个参谋到前面山上观察地形。就在他们快爬到山顶的时候，突然发现一群敌军正沿侧面往

---

* 本文原标题为《从坪石大捷到上井冈山》，收录时做了适当修改。

山上爬，接着子弹便如疾风暴雨般射来。这时我尖兵连闻枪声迅速赶来，插入敌后，向敌人猛烈射击，敌人亦因受到这意外的袭击而溃退下去。后来有一个俘虏供称：他们是许克祥的1个连，今天是奉命前来黄沙堡与民团联防的。

当天晚上，我军就在长村宿营。朱德刚从外面查哨回来，通信员告诉他县委派谭兴来报告敌情，朱德叫人请陈毅、王尔琢一起来听汇报。谭兴说："昨天我从亲戚家回来，路过坪石、武阳一带，发现均有许克祥的部队驻扎，便有意仔细打听了一下。县委叫我连夜赶来向朱军长汇报这一紧急军情。"朱德亲自斟满一杯热茶给他，然后和蔼地说："你辛苦了，喝完水慢慢再说不迟。"谭兴急忙喝了几口便继续汇报说："许部已开到湘粤两省交界处坪石，并以这里为后方，由许克祥亲自带领两个团占领了宜章南25公里的岩泉圩，侦察宜章情况，并正在源源不断地将作战物资送往坪石。"

听了谭兴的汇报，朱德对敌我双方的情况进行了分析。他认为敌人的兵力数倍于我，武器装备良好，后方实力雄厚，在这种敌强我弱的情况下，要想打败敌人，必须以勇敢加智谋，才能取胜。大家一致同意采取避实就虚，诱敌深入的方针，主动撤退，先把部队隐蔽起来，以逸待劳，寻找有利战机，抓住敌人弱点，再以出其不意，攻其不备的战术，全歼来犯之敌。

1月27日，部队迅速转移到宜章城西南40公里处的圣公坛一带山区隐蔽，一面发动群众，一面加紧进行各项战斗准备工作。

圣公坛是宜章县的一个边远山区，背靠蟒山大山林，右临粤北大山区，山峦重叠，丛林茂密，谷深沟险，地势十分险要。这一带有一支由王光佑组织的农民自卫军。他们打富济贫，抗击土匪袭扰，保卫乡土安全。

朱德得知这一情况后很高兴。他认为，这样一支自发搞起来的农民武装，只要从思想上开导指引，很容易改编成一支人民的革命武装力量。于是决定请与王光佑颇有交情的胡少海的岳父李似楠前去联系，县委也派人到那里开展工作。朱德还多次和王光佑交谈，给他讲了许多关于打击土豪劣绅，穷人闹革命的道理。在短短几天的接触中，王光佑亲眼看到工农革命军纪律严明、爱国爱民的种种事实，深受感动。于是他认定革命这条路，决心参加工农革命军。朱德欣然接受他的要求，把他的农民武装改编为工农革命军后方营，任命他为营长，曹嗣仁为副营长。并决定以圣公坛为后方基地，在后塘岩开设一个小兵工厂，日夜赶制土枪土炮；又在后山一个大岩洞里开办后方医院，把几十个伤员都转移到这里来，请当地老中医姚巨生为医师，让伤员在这个安静的环境里治疗养伤。

为了进一步掌握敌情，寻机打击许克祥部，工农革命军在做战斗准备的同时，于1月29日，派谭兴化装成商人，深入虎穴，侦察敌情。谭兴挑着一副货郎担子，走村串户，深入敌占村庄，暗暗地把敌人的兵力部署、火力配备、工事构筑等情况一一记在心里。只用两天工夫，就把敌情摸得一清二楚，回来后绘图标记，更加一目了然。

朱德、陈毅、王尔琢等根据了解到的情况，连夜商定作战方案，决定先向岩泉之敌发起进攻。兵分两路：一路由熟悉地形的胡少海、谭兴率领，走山路，从白沙、笆篱、王拱桥，经姚家迂回敌后，阻击北面增援之敌，截断岩泉敌人退路；另一路为我军主力，由朱德、陈毅率领走大路，从正面直捣敌巢。朱德说："只要把岩泉坪这2个团予以全歼，其余栗源、长冈岭、坪石一带之敌就成了瓮中之鳖。"

1月31日拂晓前，工农革命军顶着满天星斗，踏着坎坷不平的石道，分两路直向敌人盘踞的岩泉圩进发。

岩泉是宜（章）乐（昌）路上的一个较大圩场，约有100户人家，是一处连接粤、湘南北交通的要地。许克祥带2个团人马进驻岩泉圩以来，连日派人四处打探我军情况，由于四乡人民的掩护和封锁，他们没有打听到我军的真实情况。于是许克祥便骄傲大意起来。敌人做梦也没有想到，我工农革命军已经进到他们的眼皮底下。

天已大亮，由朱德、陈毅率领的我军主力先头部队到达离岩泉圩只有1公里多的柏树亭。

大约6点，敌人满街吹起开早饭的哨子。还没等哨音落下，饿兵们便一窝蜂似的拥了上去，你争我夺，吵吵嚷嚷，乱作一团。我军乘此良机，以迅雷不及掩耳之势，向敌人发起猛烈攻击；前来助战的四乡农民也在山头上摇旗呐喊。霎时间，枪炮似雷鸣，杀声震天地。这时由胡少海、谭兴率领的另一路，也从后面插入敌人阵地。许克祥见势不妙，忙令卫队掩护落荒逃回坪石。

攻下岩泉后，朱德下令我军两路汇成一路，以最快的速度向坪石攻击前进。当敌人跑到栗源时，被又宽又深的乐水河拦住，除少数跑得快的、会游泳的侥幸逃命外，其余大部丧命在河里。我军在当地农民的帮助下，迅速渡河，继续向长冈岭、坪石追去。

坪石是粤北的一个重镇，约有 300 户人家，它是湘粤两省水陆交通的门户，南北往来商品多在这里汇集，所以历来兵家都把它作为囤积物资的重地。许克祥将 6 个团兵力摆成一字长蛇阵，这种布势极易各个击破。其次该部官兵傲气冲天，只顾寻欢作乐，全无应急准备。当我军迅速追到坪石后，立即占领四面高地，在密集炮火的掩护下，冲入敌阵，高呼"为马日事变中死难的烈士复仇"的口号，左冲右杀。敌人只顾夺路逃命，有的被踩死，有的被河水淹死。许克祥更是狼狈不堪，脱下将官服，换上旧便衣，混入敌军人群，跳上一条小木船，顺着河水逃往韶关了。战士们赶到渡口码头时，急得跺脚骂……朱德正好来到渡口，一听哈哈大笑，风趣地说："我劝同志莫着急、莫生气，刽子手终究逃不脱人民的惩罚。"接着他命令王尔琢、胡少海率领部队继续追击。他们一口气追到九峰脚下才返回坪石。

坪石这一仗，战果辉煌，打垮了许克祥的1个整师，俘敌1000余人，把许克祥的后方仓库全部缴获，包括众多机枪，迫击炮、山炮数门，弹药、被服无数。几百米长的大街上，堆满了各种缴获物资。从四面八方涌到街上欢迎我军的人群，你拥我挤，喜气洋洋地打着红旗，敲锣鼓，放鞭炮，热烈欢庆坪石之仗的胜利。家家户户腾房子、烧茶水，热情欢迎工农革命军。

井冈山斗争[*]

谭震林

　　我是攸县人，12 岁就当学徒，做印制工人。大革命时，我在攸县总工会当干事兼国民党农工部特派员。马日事变后，我在攸县站不住脚，就到长沙找党组织，但一个熟人也没有，找不到党组织。听说武汉情况还好，我又到武汉，也没有找到党组织。我在茶陵当过学徒，就到茶陵找老板。老板只知道我搞过工运，但不知道我是共产党员。他说，你在这里躲一两个月是可以的，但不要到外面去，只能在里面工作，晚上要出去走走还可以，不能到外面搞工作。这样我就在书店当装订工，白天我在店里做工，晚上就出去活动。茶陵搞工运工作的人我都认识，这样，我就去找工会基层干部，进行革命活动。

　　1927 年 11 月，工农革命军第二次打下茶陵县城。当时

---

　　[*] 本文原标题为《回顾井冈山斗争历史》，收录时做了适当修改。

县委在山上没有下来，我去接头，找到宛希先，问他怎么办。他说，你是工人，首先组织工会。不久，成立了县总工会，接着又成立了各行各业的工会，大家选我当县总工会主席，地点设在江西会馆。这时候县委进城了（县委书记陈韶），人民委员会也相继成立了，由部队派出县长，其他人员还是用旧的，仍然坐堂审案，派款派捐还靠商会，群众十分不满。宛希先写信把这些情况报告毛泽东同志。毛泽东同志得知后，立即指示要改变做法，召开工农兵代表大会，成立工农兵苏维埃政府，保卫商店、邮局和学校。后来，茶陵县工农兵政府成立，我被选为主席。遵照毛泽东同志的指示，分派人员到城郊农村发动群众，打土豪，组织赤卫队，但没有来得及分田地。不久，敌军压境，我军撤退，茶陵县被敌人占领，当地赤卫队200多人也只好上了井冈山。部队在撤退中，团长陈浩公开讲搞工农兵没有出息，到国民党那边去，把力量扩大了再说。其理由是我们力量小，上山没有出路，对革命悲观失望。客观上，那时部队在茶陵打不赢，部队情绪不高。毛泽东同志赶到湖口，逮捕了叛徒陈浩等人，由张子清当团长。

在茶陵，我们取得打碎旧政权，建立新政权的经验。但茶陵的经验也告诉我们，没有正规部队和广大地方武装的配合，就不能战胜敌人，土地革命便无法开展，农民群众也不可能充分动员起来支持革命，已经占领的地方也保不住，到头来即便建立了红色政权，也站不住脚；而没有巩固的根据地，武装斗争也就失去了可靠的后方和依托。所以，后来我们攻占遂川、宁冈、永新等县，建立县工农兵政府，就着手抓土地革命，满足农民的土地要求；抓成立县、区、乡各级地方武装；抓建立健全各级党组织和政权；抓发展生产；开办学校（小学）；帮助群众战胜国民党的经济封锁，解决生活上的困难。1928年1月，遂川县工农兵政府成立，毛泽东同志还主持制定了施政大纲30条，完整地体现了党在民主革命时期的方针和任务，集中反映了广大人民的要求和愿望，成为井冈山地区和后来赣南、闽西等根据地建设的初步蓝本。但1928年4月以前，边界土地革命还未深入，3月间湖南省委又将正规部队调往湘南，致使边界陷敌一个多月。这再次证明武装斗争的胜利和土地革命的深入，对于红色根据地的巩固是十分必要的。

4月底，毛泽东同志和朱德同志在砻市会师，成立红四军，总结了以往的经验教训，制定正确政策，才把武装斗争、土地革命、根据地建设三者紧密结合起来，很快就使边界红色区域发展到鼎盛的时期。毛泽东同志亲自率领二十八团、二十九团、三十一团及各县干部大力经营永新。

当时我们的力量扩大了，具备了大力经营永新的条件，宁冈全县是我们的，部队一部分到了莲花、安福、吉安。所谓大力经营永新，就是要在全县深入进行土地革命，层层建立党的组织，建立工农兵政府和地方武装，打倒土豪劣绅，把田地分下去，各项政策贯彻下去。在永新，我们半个月内分兵发动群众，建党、扩军，成立红色政府，打土豪分田地，很快形成了比较巩固的根据地。后来红军大部队前往湘南，敌人11个团进攻永新，毛泽东同志仅以三十一团一个团的兵力，充分依靠地方赤卫队、暴动队和广大群众，坚壁清野，用四面游击的战术，将敌11个团困在永新县城附近15公里内达25天之久。

在井冈山时期，我们队伍中存在怀疑"红旗到底打得多久"的右倾悲观思想，还存在着"左"倾盲动主义以及单纯军事观点、流寇主义等思想和干扰。当时湖南省委"左"倾盲动错误的干扰尤为严重。1928年3月，湖南省委取消前委，解除毛泽东同志前委书记的职务，要他随军挺进湘南，策应湘南暴动，造成了边界根据地的大部被敌人攻占和破坏。同年6月底，正当红四军成立后连续打胜仗，边界红色区域发展到全盛的时候，湖南省委又派杜修经到井冈山，命令红军向湘南挺进。结果又造成湘南八月失败。这两次毛泽东同志都事先提出正确意见，从实际情况出发，指出湘敌兵力强大，未可轻动，而赣敌比较薄弱，红军应该着重向江西发展。特别是6月30日于永新召开的特委、军委和永新县委的联席会议，在毛泽东同志的领导下，决定抵制湖南省委的错误指示，并由毛泽东同志亲自起草信件，向省委申述正确的意见，主张红军留在湘赣边界，坚持工农武装割据，继续巩固和扩大以宁冈为中心的井冈山革命根据地。但由于杜修经一意孤行，乘红军主力到了湖南酃县，而毛泽东同志又远在永新之际，附和二十九团不安心经营边界根据地，思返湘南家乡的错误意见，强迫军委领军南下攻取郴州，结果造成二十九团惨败，二十八团团长王尔琢同志牺牲。

早在湘南暴动时期，"左"倾盲动主义者便提出"杀杀杀，杀尽一切反动派的头颅，烧烧烧，烧尽一切反动派的房屋"的口号，鼓吹"要把小资产阶级变为无产者，然后强迫他们革命"。湘南暴动在湘南特委"左"倾错误的影响下，一度乱烧乱杀，严重地脱离群众。毛泽东同志在井冈山地区就坚决抵制了上述盲动主义的主张，没有乱烧乱杀。杜修经来到砻市责怪我们为何没有把砻市烧掉。他说这么好的地方你们都不烧掉，那么怎么把小资产阶级变成无产阶级呢？毛泽东同志说，房屋可以住人，为什么要烧掉呢？你们以为这些小商人，把他的房子烧掉了，就变成无产阶级了吗？农民要不要交换物资呀？这么一说，杜修经无法回答，所以砻市始终没有烧。为了粉碎敌人的封锁，繁荣根据地的经济，毛泽东同志还颁布了保护中小工商业的政策。草林圩场和大陇圩场，在交流物资、活跃经济上，就起了重大作用。这样就有利于争取和团结中间阶层。在党内生活中，毛泽东同志说，我的话不管正确与否，多数不同意就按多数人的意见办。在井冈山时期与党内机会主义错误的斗争中，毛泽东同志表现了既坚持正确意见，决不盲从错误的领导，但又遵守党的纪律，是少数服从多数，下级服从上级，全党服从中央的典范。

1927 年年底，工农革命军退出茶陵，上井冈山后，我担任了茶陵县委书记，几次派人回茶陵开展工作，都不见回来，可能被敌人杀了。1928 年 2 月打下宁冈和永新小江区后，组织上派我去发动群众，建立革命政权。我一个人带了支梭镖就到了小江区，后来打下永新县城后，又调我到永新县城工作。部队退出永新县城后，我仍留在永新县城工作，三四天后才回到小江区。当时，我给毛泽东同志写信报告那里的情况，毛泽东同志回信要我继续留在小江区，巩固这一带的工作。不久，边界党的代表大会召开，成立了边界特委，选举我任边界特委书记，由陈正人同志任副书记。

1928 年年底，敌人向井冈山发动第三次"会剿"，这时彭德怀同志带领红五军到了井冈山。毛泽东同志考虑红四军、红五军都留在山上养不起，决定留彭德怀同志带领红五军守山，毛泽东、朱德同志率红四军主力 3000 多人下山。陈正人留在山上，我也下山随军行动，担任前委的工农运动委员会主任，展开了新的工作。

黄洋界保卫战[*]

刘　型

山下旌旗在望，山头鼓角相闻。

敌军围困万千重，我自岿然不动。

早已森严壁垒，更加众志成城。

黄洋界上炮声隆，报道敌军宵遁。

每当读毛主席歌颂黄洋界保卫战的光辉诗篇《西江月·井冈山》时，当年保卫井冈山革命根据地的战斗情景，便一一展现在眼前。

1928 年 4 月至 7 月，由于贯彻执行了毛泽东同志的正确路线和政策，军事上取得一次又一次胜利，割据地区也一天比一天扩大。可是，那时的湖南省委却采取了错误的冒进政策，要红军离开根据地"毫不犹豫"地向湘南发展，还说

---

　　* 本文原标题为《黄洋界保卫战——忆打破湘赣敌第二次"会剿"》，收录时做了适当修改。

这是"绝对正确"的方针。毛委员认为，在统治阶级暂时稳定时期，分兵向湘南冒进是危险行动，在永新召开的湘赣边界特委、红四军军委和永新县委联席会议上，他不同意湖南省委主张的决议。7月中旬，湘敌第八军侵入宁冈，畏我群众的坚壁清野和地方武装的袭扰，一星期不敢驻进民房。朱德军长率第二十八团、第二十九团乃绕经攸县、茶陵，17日攻克酃县。毛委员率第三十一团从永新的拿山、遂川的五斗江合击进驻宁冈之敌。当我军回到宁冈时，敌从龙源口进入永新城，企图与国民党赣军第三、第六、第九军会师。毛委员即率部回永新阻击湘赣两敌的会合，并写信要二十八团、二十九团速返永新阻敌。可是湖南省委代表杜修经和省委派驻边界任特委书记的杨开明，趁毛委员远在永新的机会，不顾永新联席会议的决议，坚持湖南省委的意见，利用第二十九团要回家乡的情绪，强令红军大队离开酃县开往湘南。

这时，毛委员率领红军三十一团不足1个团之兵力，迫使湘敌第八军撤回茶陵之后，接着阻击从吉安来犯我永新之赣敌11个团，在广大群众的掩护之下，用四面游击的方式，将此11个团的敌军困在永新县城附近30里内达25天之久。但永新城里狡猾的敌人得知我红军大队于7月24日攻打郴州受挫，便向我猛攻。8月中旬，按毛委员的部署，撤至永新西部与莲花、茶陵交界的地方集结。

到达九陂村一带的当天晚上，毛委员便召集连以上干部开会讨论行动问题，并总结永新阻敌的经验。这时，湖南省委又派袁德生代表来了，要红军主力去执行打湘东的盲动主义计划。说什么这是"绝对正确"的方针，应该"毫不犹豫"地执行。毛委员向袁德生提出了红军主力离开井冈山根据地，向湘东行动中的许多问题，袁不能回答。

夜深了，村子里送第二十八团、第二十九团炊事担子的一个农民回来了，找来一问，才知道我红军大队在湘南失利的情况。得此消息，毛委员当即决定，由他亲率第三十一团第三营到桂东迎还大部队，着令第一营坚守井冈山。

次晨，毛委员率第三营取间道往桂东走了。团长朱云卿、团党代表何挺颖布置了第一营的工作，就带着团部和直属部队到井冈山部署防务去了。第一营留在永新、莲花、茶陵边境打游击、做群众工作，保卫工农政权，牵制与迷惑敌人，密切地注视着湘赣两省敌人的动向。

第三营和团部出发后，不几日，得知赣敌金汉鼎部1个团从永新城直趋龙源口，有进击宁冈新城趋势，同时湘敌新八军1个师有从酃县进砻市直取井冈山的模样。这时第八军主力也正在桂东一带与我第二十八团激战，其余1个师则企图趁机袭取井冈山，迫使我主力回不了根据地。我第一营营长陈毅安同志得此情报，决定和特务连仍留在原工作地区，组织以蔡会文同志为书记的行动委员会牵制敌人，亲率第一、第三连，带有三天粮食，以急行军翻过九陇山区，再经田西、三湾、段家坪、柴口、西坑、绞车坳坝、双源冲、下水湾、坳里、大陇，到达茅坪，第三天又带足三天粮食先敌一天回到了小井，接受保卫井冈山的任务。

在我军撤出永新后，赣敌即发生内讧。敌第三军、第六军退回清江、樟树自己打起来了。若我主力不去湘南，则趁机消灭惊弓之鸟的赣敌第九军（被我打败过数次）于永新境内，席卷吉安、安福，前锋可达萍乡，而与北段之红五军取得联络，是完全有可能的。可是，由于湖南省委继续执行盲动主义的错误路线，破坏了毛委员依托井冈山革命根据地波浪式向前发展的正确路线，招致湘赣边界八月失败，使边界根据地平原尽失，只剩下产谷不到万担、人口不满2000的井冈山以及宁冈的西北两区，永新北乡的天龙山区，南乡的万年山区，西乡的小西江区，莲花的上西区，鄠县的青石冈和大院区以及九陇山区了。

8月29日，部队回到小井时已快到中午时分，当即进行紧张的战斗动员。团首长召集了营连干部会，营首长召集了班排长会，连里召集了党支委小组长联席会议、支部大会、士兵委员会以及全连大会，讲明了敌我形势、作战任务、应有的精神准备和注意事项。经过动员，战士们个个摩拳擦掌，誓死保卫井冈山，不让一只兽蹄踏进井冈山的土地。后方医院也进行了动员，轻伤病员要求重返前线杀敌，重伤病员则充满了胜利信心，泰然自若。儿童团、少先队在防务委员会和工农民主政府的领导下，全都动员起来了，拿着红缨枪站岗放哨，查路条，严防敌探进出。赤卫队持着各种旧式武器夹杂着少数钢枪，准备配合作战。妇女们则组成后勤队，为前线服务。井冈山充满紧张的战斗气氛，全体军民决心誓死保卫井冈山。

我营回到小井，立即去大井团首长那里，汇报部队情况。我见到朱云卿团长、何挺颖团党代表时，他们镇定自若，还在学习斯大林著的《列宁主义概论》（即《论列宁主义基础》）。他们听我汇报完毕，又询问了各种问题，我都一一做了回答，然后他们具体地做了战斗动员和各种战时工作的指示。

我回到连里做了动员后，又去营长那里汇报。适逢开饭，吃的是从小井河沟里捞来的小鱼虾煮的一锅汤，还有火烤的青辣椒，都没有油，只放点盐，这顿红米饭，吃得真香甜。

第一营准备好了，就雄赳赳气昂昂地开到黄洋界阵地。

黄洋界是井冈山的险要哨口之一，它与八面山、双马石、朱砂冲、桐木岭相配合，构成井冈山的全面防御系统。它位于井冈山北面，海拔1340余米，距小井15里，只有荆棘丛生的小道可通。黄洋界哨口雄峰耸立，陡不可攀，与八面山相连的更高山上，只长青草，不长树木。东西两山之间，万丈深谷，极为险峻。清晨，浓雾萦绕山头，弥漫在海拔稍低的山坳树梢之间，宛似一片汪洋大海，故又有汪洋界之称。天气变化大，山雨时下时停，天气晴朗，雾散云消，群山起伏，尽收眼底，极为壮观。山下的源头、桥岭、陈家全、大陇，是湘敌从酃县来攻的必经之路。从酃县到山下，相距110里，这是我们这次作战的主要防御方向；山上另有一条路可通往茅坪，从茅坪到黄洋界沿途山高路险，也构筑了防御工事。赣敌熊式辉师1个团，虽进至宁冈新城，但有我三十二团袁文才部在茅坪以北游击阻敌，难以同时进犯，因此只需派出1个排警戒，并与袁部取得联络就行了。其他四大哨口都筑有防御工事，有三十二团王佐部队和赤卫队警戒，无后顾之忧。黄洋界哨口的指挥阵地的工事，就构筑在哨口后山顶上，从腰子坑（敌军指挥阵地）爬上来的一条山梁上，茅草灌木丛生。在茅草丛里，插有削尖了并用火烤过的坚韧的竹钉。在这条蛇形的小道上，不是熟悉的人，没有不踏上竹钉的。哨口防御工事，是用石块和土坯按坡度筑成的前低后高几条不规则的垛形堑壕，壕墙很厚，高出地面1米以上，便于隐蔽和射击。每一个大小不同的工事里，可以容数人至1个班散兵，互为掎角。工事前，有自然丛生的草丛隐蔽，地形陡峭，在防御阵地前都埋有竹钉。我可依托着工事俯瞰射击敌人，敌则无法接近我堑壕。我们进入阵地后，又加固了工事，挖了许多单兵掩体，还搬了些石块必要时做"炮弹"用。

当晚我们就露宿在阵地上。当时我军的供给很差，一个班只有三四条旧军毯或夹被，为了防寒，割了些茅草铺在凹凸不平的地上，再盖一些在身上，大家挤在一起过了一夜。

8月30日一大早，炊事员从小井把饭送到了阵地。吃完饭，云雾也散了，敌人开始向我军发动进攻。由于地形限制，敌兵只能一个一个地向上爬，战斗队形呈鱼贯式的散兵线匍匐行进，每一个兵又保持着一定的距离，否则无法射击。所以敌虽以 1 个师之众企图偷袭井冈山，但使用在火线上最多却只能是 1 个营的兵力。我以 2 个连的兵力保卫黄洋界最险峻的哨口，前沿堑壕里是 1 个排，另 2 个排隐蔽在其侧后准备出击，这是第一连；第三连则在山后休息待命，夜间接替了第一连的任务。敌人进攻无效，使用机枪射击掩护前进，然而低射则妨碍自己的士兵前进，高射则子弹只在空中呼啸。待敌人接近我军有效射程时，便一声喊"打"，弹无虚发，叫敌人个个去见阎王。当时每个战士只有三至五发子弹，为了节省子弹，准备好的石块成了我们有力的武器。敌人一次、两次、三次、四次冲锋，除丢下一些尸体外毫无所得。下午 4 点左右，我们把第二十八团南昌起义后带上山留在茨坪修械厂修理好的一门迫击炮也抬来了，安放在指挥阵地附近，向敌人发射了三发炮弹，其中一发正落在敌人的指挥阵地腰子坑爆炸了。敌人原以为红军主力不在山上，听见炮响，又以为我红军主力已经回到井冈山，吓得魂飞魄散。夜幕来临以后，上半夜敌人一阵阵猛烈放枪，以稳定其士气，掩护撤退。我第三连在战壕里测定好射击距离，在敌射击间隙也放几枪，以威慑敌人。夜半过后，枪声逐渐稀疏，敌人利用云雾弥漫我军无法下山追击的时刻，全部逃之夭夭，溜回鄘县去了。我们阻止了敌人的进攻，保卫了井冈山，取得了伟大的胜利。井冈山的革命红旗，依然高高飘扬在祖国的大地上。

敌人这次袭击井冈山，既不明了情况，又不熟悉地形，士兵则不知为何而打仗，一进入我早已坚壁清野的宁冈地区，无粮、无柴、无菜，加上被我赤卫队和袁文才部的游击袭扰，找不到向导，派不出侦探，哨兵被摸掉，两眼漆黑，两耳又聋，陷入了我人民战争的汪洋大海之中，徒呼奈何！我军则有高度的政治觉悟，都知道"为土地""为政权""为工农解放"而战，上下一致、军民一致，凭险抵抗，哪有不胜之理。经过一天激战，敌死伤200余人，我军仅伤数人，只是由于高山夜寒，有些人得了感冒，夜间又有猴子来捣乱，弄得我们睡不好而已。31日晨，云开雾散，山上静悄悄的。我们便沿着敌人的退路下山搜索，敌人早已无影无踪了。群众见我红旗一到，便踊跃回村，烧茶水，洗衣服，热烈欢庆红军收复失地，我们便在宁冈做战后的地方工作。

9月13日，我二十八团击败刘士毅旅，缴枪数百，接着占领遂川。26日，毛委员和朱德军长率领红军主力回到井冈山，我们又胜利会师了。

11月1日，驻新城之敌熊式辉部周浑元旅的1个团（原是宋子文的税警团），以为我主力还在遂川，便派出2个营向我茅坪进犯。我以二十八团、三十一团埋伏在茅坪以北的坳头陇，布置了一个袋形阵地，第三十二团袁文才部在宁冈通龙源口的隘路上截击溃退之敌。战斗结果，除击毙的外，俘敌营长周忠廷以下官兵 100 余人，缴枪 100 余支，扩大了黄洋界保卫战的胜利，收复了我军事大本营宁冈全县，残敌溃退永新。彻底粉碎湘赣两省的"会攻"，为湘赣边区党的第二次代表大会在茅坪胜利召开创造了有利条件。

黄洋界保卫战胜利的意义，毛委员在当时就做了总结："8 月 30 日敌湘赣两军各一部趁我军欲归未归之际，攻击井冈山。我守军不足一营，凭险抵抗，将敌击溃，保存了这个根据地。""边界红旗始终不倒，不但表示了共产党的力量，而且表示了统治阶级的破产，在全国政治上有重大的意义。"这是毛泽东同志人民战争思想的胜利，是十六字诀战略战术思想的胜利，是取得中国革命胜利唯一正确的道路——井冈山道路的胜利。

跟着毛委员打游击[*]

王耀南

1929 年 1 月上旬，黎明前，宁冈县柏露村的灯光仍在沉沉的黑暗中闪烁着。毛泽东同志在这里主持着重要的会议。山风呼呼地怒吼着，在山谷中肆意咆哮，仿佛要将整个山野撕碎。

在屋内，前委、军委连夜开会，屋内红红火火，讨论得异常热烈。朱毛会师以来，人多粮少，供给非常困难。敌人多次"进剿"，红军受到了不小的损失。但是，在毛泽东同志的带领下，从残酷的斗争实际出发，不断总结经验，多次取得反"进剿"的胜利。彭德怀同志率领红五军会合之后，衣履饮食困难就更大了。

小屋里热气腾腾。经过讨论，同志们认为：敌人封锁，红军不能到远地游击，造成经济上的重大困难。因此军委决

---

　*　本文选自《王耀南回忆录》，中共党史出版社 2010 年版，收录时做了适当修改。

定彭德怀同志率部守山，王佐配合，坚持井冈山的斗争。毛泽东、朱德同志率红四军主力进入赣南。这样既可以"围魏救赵"，又可以开拓新的革命根据地。袁文才任红四军参谋长，随军行动。

1月14日上午，毛泽东、朱德同志率领红四军主力，由茨坪等处向赣南进发。战士们就要离开这块土地了。这里是根据地、是家。上山一年多来，战士们经历了多少不平静的日子，今天离开这里真有些难舍难分。我一边擦拭着武器，一边想，这次跟毛委员下山，我们尖刀排的任务是很重的，一定要细心检查排里战士们携带的武器装备。

刚刚离开井冈山，雨夹雪就随着部队行军的步伐落了下来。红军官兵衣单粮缺，处境很困难。但我们不畏艰难，昼伏夜行向赣南进发。

山路弯弯曲曲，荆棘丛生。我带领全排披荆开路。一路上我们的脸上、身上被荆条划破，雨水、雪水、汗水浸湿了衣服，但战士们手中的砍刀照样上下劈着棘刺，谁都不想歇一下。

不到两个时辰，一条小路开出来了，直通后山间，战士们看着这条路，心里畅快得很。雪夹着雨纷纷落在地上，结成薄薄的冰壳，战士们从上面走过，发出噼啪的碎裂声。大部队行军，窄窄的荆棘路，被战士们踩得泥泞不堪，棘刺把穿草鞋的红军战士的脚扎破，滴滴鲜血染红了路上的白雪。

在风雪交加的黑夜中，部队翻过一个又一个山坳口，毛泽东同志带着这支大部队穿梭在这人迹罕至的林海之中。

　　天大亮了，战士们三五成群，分散在树下休息。我在部队出发前让战士们备足粮食，并要求他们每人带上几斤南瓜干。

　　部队在小村边休息，几个战士就挤在一起，暖和暖和。有的战士从布袋里拿出一个油纸包，打开来，抓出一把炒米放在嘴里嘎巴嘎巴地嚼了起来。这些粮食可派上大用场了。战士们喝着山涧溪水，吃着南瓜干、红薯干。肚里有了点儿底，身上也暖和了许多，一个萍乡的战士想起了家乡小调，自己填上词就唱了起来：

　　啊啰呀哎，

　　红军哥哥哟去打仗，

　　三年五载你莫回还；

　　消灭了白匪挨户团，

　　妹妹迎你进家来啰……

　　"嘿嘿，王耀南，你这个官当得蛮不错哩。打仗你们冲在前头，开路你们一马当先，休息还有人哼着小曲。"营长毕占云查哨路过这里，听见有歌声就过来看看。

　　"敬礼！"我站了起来。

　　"坐，坐下休息。王耀南，你给我讲讲，咱们这些红军战士，难道就是铁打的，不怕累？饿着肚子也能爬山越岭？

国民党那么多兵'会剿'，可这支部队越打还越大了。"

"营长，我们这支队伍是毛委员、朱德军长带领的，专打地主老财的。它是人民的军队，是老百姓的靠山，当然会越来越强大了。我们军队人人平等，当官的不打当兵的，官兵一致。你也看到了，从毛委员、朱德军长到每一个兵发的军饷都是一样的。打起仗来军官冲在最前头。有了这些，我们的军队就会不断壮大的。"

"王耀南，你讲得对。我也要带个头，替战士们站岗去。"营长走了。我让战士们到村里张贴毛泽东同志起草的《红军第四军司令部布告》。一路上，前卫部队都在干着这些工作，张贴了不少的布告。

老俵们站在布告前，听有文化的先生念着布告上写的内容"地主田地，农民收种，债不要还，租不要送"；"增加工钱，老板担任，八时工作，恰好相称"；"城市商人，积铢累寸，只要服从，余皆不论"；"敌方官兵，准其投顺，以前行为，可以不问"。布告以红四军军长朱德、党代表毛泽东共同署名，"朱毛红军"的名声在更广泛的范围内传开了。

红四军主力离开了根据地，周围的环境十分恶劣，部队行军所路过的村子因缺乏群众斗争的基础，连报信的老俵都没有，但国民党兵却来得很快。部队进入赣南后，沿粤赣边界向东转移。敌"追剿"军即以第二十一旅第四十二团和第十五旅第二十九团组成左路军，以第二十一旅第四十一团和粤军2个团组成中路军，以第十五旅第三十团和第三十四旅第六十八团组成右路军，衔尾紧追。

敌战斗力比较强的第二十一旅，由李文彬率领，悄悄地逼近大余城，突然对红四军发起猛攻。毛泽东、朱德同志指挥红四军一部在县城东北高地进行阻击。大余城不像井冈山地区，老百姓一看部队来了，不是纷纷逃进山里躲避，就是紧闭门户，更谈不上有递送消息的了。部队仓促应战，毫无准备，战斗打响后，营长毕占云命令我带领部队穿插敌第二十一旅第四十一团与粤军一个团接合部，打击敌第四十一团侧翼，而后掩护部队突击。但终因弹药匮乏，抵不过敌人冲击，部队伤亡惨重。就红军第四军来讲，其兵力未能集中，战斗失利，损失较大。

在敌第二十一旅紧追之下，为了避免与敌死拼硬打，争取主动，毛泽东同志带领部队采取游击战术，与敌盘旋式打圈子、绕弯子，在撤出大余县后，经粤北的南雄，再转入赣南的信丰、安远、寻乌县等地。

部队一路上边打边撤，边打边绕，沿途没有党组织，没有群众，屁股后面有敌5个团紧紧地追赶，反动民团组织也大长声威。红军耳目闭塞，连日来无援无助，非常困难。

毛泽东和朱德同志带领红四军主力来到寻乌后，在圳下村宿营。部队刚刚驻下，战士们由于长途跋涉，劳累过度，又没有粮食充饥，头刚刚挨到竹床旁，呼噜声就响起来了。

"营长，部队下一步往哪里行军？"我问。

"上边没说，继续沿山路走吧，大方向不会错的。"

"营长，你们休息吧，我去查哨。部队行军、打仗太疲劳，天气这么冷，我不放心，弄不好病号会增加的，下一步作战，就更难了。"我说着就走出房间去查看部队了。

天麻麻亮，隆冬时节，冻手冻脚。我一觉醒来，起得特别早，刚出门，刺骨的寒风就迎面吹来，我向手上哈着热气，心想，让战士们多睡一会儿吧，别吵醒了他们。我一直朝营部走去。

突然，嗒嗒嗒的枪声大作，国民党军刘士毅一部偷偷地包围了红四军军部。

我返回队部，战士们已在院里等待我下命令了。

"一排掩护部队撤退，同志们准备战斗。"我命令一下，战士们立即抢占有利地形，向敌还击。枪战之后，我率部追赶大部队。

待追上部队后才得知，红四军军部也被打散了，部队刚刚会拢。上级命令强行军，部队沿着山路向闽、粤、赣三省交界的罗福嶂山区挺进。是时，敌中路粤军 2 个团撤回广东，右路第三十四旅第六十八团，左路第二十一旅第四十二团北出会昌，余下的第四十一、第二十九、第三十团被红军远远地甩到了后头。一路翻山越岭，在部队小息时，寻乌县委派来交通员说，"追剿"敌军这一两天就要包围罗福嶂，希望大部队尽快跳出这里。部队研究决定，寻机打击跟追之敌，摆脱被动局面。红四军主力又立即向北朝瑞金转移。

国民党误以为红四军已难坚持，节节败退。"追剿"军第十五旅旅长刘士毅向"会剿"军总司令致电报捷：朱毛余部"自寻乌属之吉潭圩附近被职旅给予重创后，即狼狈向项山罗福嶂逃窜，仍未能立足"。他宣称：该旅现正分路堵截"追剿"，"以绝根株"。

毛泽东同志采取盘旋式和打圈子的战法，不仅是为了摆脱敌人紧蹑其后，主要还是要在运动中调动敌人，使其兵力分散，暴露弱点，以利歼之。

红军战士们在大踏步的转移中，迂回前进，翻山越岭，找准时机消灭敌人。这在红军中已是家常便饭了。战士们在短暂的战斗中学会了游击战，有效地保存了自己，主动地消灭了敌人。

在战争中学习战争[*]

粟　裕

　　在我的战斗生涯中，没有机会进学校专门学习革命战争的理论，我的学习道路是从战争中学习战争。

　　我跟随毛泽东、朱德同志学习打仗所得到的最深刻的体会，是战争有它自己的规律，克敌制胜的办法必须依据敌我双方的实际情况和战争内在规律去寻找。我学到的这条道理，使我终身受益。

　　南昌起义后向广东进军，沿途同蒋介石的军队打的是正规战，两军对阵，正面交锋，把敌人打垮了，仗就打胜了。朱德、陈毅同志率领南昌起义余部转战粤、闽、湘、赣，部队只有几百人了，不能再按老办法打仗了。当我们到达湘粤赣三省交界处的崇义县西边的上堡、文英、古亭地区后，朱德、陈毅同志决定把部队带上山，开展游击战争。虽然在那

---

　　* 本文选自《粟裕回忆录》，解放军出版社 2007 年版，收录时做了适当修改。

一带只搞了个把月，但上上下下都觉得这样搞有出路。于是从打正规战转变为打游击战的思想，就这样在同敌人战斗的实践中产生出来了。湘南起义后，许克祥带5个团人马来进攻我们，朱德同志运用游击战与运动战相结合的战法，部队撤出宜章城，隐蔽集结于有利之地域，第二天同许克祥打了一个预期的遭遇战。此仗，我们运用新的战法，以1个团打败敌许克祥5个团，创造了以少胜多的范例。

南昌起义余部和秋收起义部队的胜利会师，继承了大革命时期军事斗争的成果，建成了党领导的最强大的一支工农红军，使党领导的武装斗争从一开始就有了有力的拳头。所以井冈山时期的战争形式，初期以游击战为主，也有运动战；后期则是游击战与运动战相结合。当然，那时的运动战还是初级的，或者说是游击性的运动战。

在井冈山时期，为适应红军战略战术的要求，部队的军事训练不同于国民革命军了。没有花架子，训练从实战需要出发。为了提高部队的机动能力，很重视爬山。在连队，每天起床后我们第一个课目就是爬山。不管山多高，一个跑步冲上山顶。休息几分钟又跑下山。然后才吃早饭。其次是重视夜战的训练。有的干部、战士，受封建思想的影响，夜晚怕鬼，经过讲授科学知识，现场训练，逐渐地克服了。此外就是训练射击、刺杀和投手榴弹三大技术。这是同当时的武器装备情况相适应的。那时弹药很少，一支枪一般只有三发子弹，有五发子弹就算很多了，因此特别重视射击训练。每天要练单手无依托举枪射击瞄准。我一只手举起步枪，可以举一二十分钟。我的手劲在叶挺部第二十四师教导队时已有锻炼，后来就更强健了。记得1950年我在苏联养病，疗养院的一位按摩医生同我比握力，见到我的握力和他差不多，他大为吃惊。经过严格训练，我的枪打得比较准。打起仗来，三发子弹怎样使用呢？就是冲锋前打一两发子弹，都是打排枪，用作火力准备，接着就是冲锋。第三发子弹要留着打追击时用。

上井冈山不久，毛泽东、朱德同志就总结出了"敌进我退，敌驻我扰，敌疲我打，敌退我追"的游击战争的十六字诀。这十六字诀，把保存自己和消灭敌人的辩证关系贯穿于游击战争的作战原则之中。因为是从实际出发的，很容易为干部、战士所理解和接受。

由于红军是在敌人包围之中作战，武器装备一切取之于敌，因此歼灭战一直是我军作战的基本方针。战略战术的运用常以能否达到歼灭敌人为标准。当时，朱德同志带领我们打仗，为了达到歼灭敌人的目的，依据不同的敌人，采取不同的战法。对于一打就垮的部队，采取穷追；对于战斗力较强的部队，则运用迂回包围。在井冈山第二次反"进剿"时，我们打赣南刘士毅的部队，它是地方部队，战斗力不强。当时我们从黄坳出发，向遂川运动，刚一接触，敌人就逃跑了。这时朱德同志和我们在一起，他一面领着我们跑，一面不停地督促："快追！快追！"我们一口气追了35公里，俘虏了敌人营长以下官兵 300 人，缴枪 250 支。这种追击已不是一般意义上的追击，而是为了达到歼灭敌人的一种战术。

运用迂回包围而达到歼灭的战例，可举 1928 年 6 月粉碎国民党军对我井冈山根据地的"会剿"。敌抽调湘赣两省10 个团的兵力，分两路向我军进犯，以湘敌吴尚部 5 个团由茶陵向宁冈推进，以赣敌杨池生、杨如轩部 5 个团由吉安向永新推进。毛泽东、朱德同志决定采用避强打弱的方针，即对湘敌采取守势，集中兵力打赣敌。我军主动撤出永新城，退到根据地的中心地区宁冈，集中主力，在地方赤卫队配合下，坚决控制敌进攻我必经之路新老七溪岭，寻机歼敌。作战部署是以第二十九团及第三十一团之 1 个营担任正面阻击牵制，以第二十八团及第三十二团之 1 个营迂回到白口、龙源口，断敌后路，以求歼灭敌人。这次战役在朱德同志的亲自指挥下，取得了歼灭敌人 1 个团、击溃敌人 2 个团的重大胜利。

那时，我还在第二十八团当连长。我们的第一个任务是控制老七溪岭。当我们迂回到达时，敌右路先头部队已先我们抢占了老七溪岭的制高点。我们发起多次攻击，都未能奏效。午后，我们乘敌疲惫松懈，隐蔽接敌，突然发起攻击，一下子突破了敌人的防御。七溪岭山峦重叠，地形险要，我跑步冲向制高点，回头一看，只跟我上来了 9 个人，连里其余的人还掉在后面，于是我留下 6 个人控制制高点，带领 3

个人越过山顶，猛追逃敌。一过山坳，发现有百把敌人猬集在一起。我们立即冲上去，大喊："枪放下，你们被俘虏了。"这时留在制高点的司号员也很机灵，虽见不到我们的动作，但他在山顶挥起了红旗，吹起了冲锋号。敌人不知我们底细，吓得乖乖地把枪放下了。我们只有 3 个人，没法拿百把条枪，于是命令俘虏把机柄卸下来。我们拿机柄，空枪让他们背。这是很惊险的，如果敌人对我们来个反扑，我们就要吃亏了。但敌人被我们的气势所吓倒，不敢进行反扑。这就是"两军相逢勇者胜"。

到了 1930 年夏，红军和苏区都有了较大的发展，我军事战略由游击战向运动战转变。依据形势的发展，适时地实施军事战略的转变，是战争指导艺术中的重大课题。当时我是基层干部，谈不上从理论上做深刻的认识，但感到这是顺理成章的事。这里面包含着实践出真知的道理！

一打永新[*]

萧 克

1928 年 5 月初，驻永新城赣敌杨如轩第二十七师，以第七十九团、第八十一团兵力，分两路对井冈山根据地发动了第二次"进剿"。其部署是：第七十九团从永新向龙源口方向进攻，企图通过七溪岭攻占根据地中心宁冈；第八十一团经拿山、五斗江向遂川的黄坳方向进攻，企图揳入茨坪，与龙源口之敌对我形成南北夹击；敌第八十团为预备队，防守永新。杨如轩坐镇永新指挥。

为粉碎敌人的"进剿"，红四军在砻市召开了营以上干部会议，决定利用敌兵力分散的弱点，采取"集中兵力歼敌一路"的作战方针。由毛泽东、何挺颖、朱云卿率领第三十一团在新老七溪岭阻击敌右路军第七十九团，由朱德、陈毅、王尔琢率主力第二十八、二十九团迎击敌左路第八十一

---

[*] 本文原标题为《一打永新——忆粉碎赣敌第二次"进剿"》，收录时做了适当修改。

团。我当时在二十九团当营长，对这些敌我双方意图及部署等情况我并不很清楚，是战后才知道的。

5月5日拂晓，敌左路第八十一团的1个营进占黄坳。我们第二十九团在胡少海团长率领下从砻市向黄坳前进，一打永新的第一个战斗就是在黄坳。出发前，上级通知我们要带五天的粮食，说是要经过一座大高山。我们当时还不知道是井冈山，只知有大小五井，我们走大陇，到了五井、茨坪住了一晚，然后到小行洲，第二十八团在我们后面。那天，陈毅也在行洲。晚上，我由参加南昌起义并随朱德、陈毅到湘南的龚楷同志（四川人）领着去找陈毅，我是第一次见到他。他很爽直，很和气，要我们好好搞，要训练好。

第二天一早，大约5点，我们第二十九团从行洲出发，经过砾砂冲去打黄坳。黄坳的敌人占领了黄坳街和街后面的两个山头。我们队伍一出口子，敌人就打枪，我们马上占领了口子附近的山头，立即展开，从田埂里分两路冲过街对面的小河。当时河水不深，冲过河占领黄坳街又往山上冲，只两个小时，就打垮了敌人，缴了五六十支枪，这是湘南农军取得的第一次胜利。老百姓回忆说敌人喊他们的头子叫"周团总"，那就是敌第二十七师第八十一团团长周体仁。这一仗，我们也伤亡了三四十人。

我们第二十九团是农民组成的，又叫农民团。全团只有2门迫击炮，200多支枪。敌人1个营，有300支枪。我们的武器比敌人少。我们那个连只有30多支枪，有些连只有二十几支、十几支枪，最多的第一连也只有 50 多支枪。而梭镖全团有八九百支，所以看起来都是梭镖。但我们人多，有冲劲，全团连老带小有 2000 人（老人、小孩、妇女有 1600 多人）。那天参加打黄坳的有 1100 多人。这一仗虽然只缴了五六十支枪，但它是农民部队打的，说明农民部队是能打仗的。湘南暴动的宜章农民从暴动到这次战斗，不过三个多月，又从宜章走到井冈山，头一仗就打垮了敌人的正规军，意义是不小的。这个战斗很难说是什么战术，那时我们还不知"十六字诀"，靠的就是革命农民的勇敢战斗，我们是从正面扑过去的。在打仗以前，我们只知道第二天出山，要准备打仗，当时部队在行洲挤得密密的，战前动员也简单得很。

第二个战斗是五斗江战斗。黄坳的敌人溃下去以后，跑回拿山第八十一团团长周体仁那里，说在黄坳打的多是梭镖队。第二十九团打垮敌人以后，当天军部和第二十八团也来了。下午，军部要第二十八团马上开到五斗江。这样，我们的部署变化了，前面是第二十八团，都有枪，战斗力很强，拿山的敌人以为我们到五斗江的都是梭镖队，他们便来打五斗江。那天下雨，敌人从拿山走了七八里路就开始爬山，爬了一个晚上的山才到五斗江附近，拂晓把我们第二十八团包围起来，结果碰上了硬钉子。第二十八团有 13 个步兵连，加上 1 个迫击炮连和 1 个机关枪连，战斗力很强。当时正下雨，王尔琢指挥第二十八团给了敌人一个反击，第一营从正面打，另外 2 个营从后面包围敌人，打了个把小时，就把敌人打垮了，缴了 370 支枪。五斗江战斗那天下午，朱德、陈毅率军部和第二十九团也到了五斗江，这时战斗早已结束了。后来人们议论说，敌人头天从拿山来，走了一个晚上没有睡觉，很疲劳，第二天早晨被我们打垮后，我们如果一直追下去，敌人就有可能完全缴械。战斗结束的当天，第二十八团便住在五斗江，我们第二十九团住在五斗江附近。第二天进到拿山，第二十八团先走，第二十九团和军部随后。整个战役第一天打黄坳，第二天打五斗江，第三天进到拿山，第四天一早，我们随军部出发打永新城。

第二十八团从拿山出发走在前面，上午到永新城附近，离城七八里，便和杨如轩的第二十七师第八十团和第八十一团残部打起来了。那天我们走了 30 公里路，第二十八团打了两个小时，第二十九团接上去打，打到天快黑了，敌人垮了，残敌逃向吉安，赣敌第二次"进剿"就这样痛快淋漓地被打垮了。这是一打永新的第三次战斗，我们第一次占领了永新。第二十八团驻永新城，第二十九团驻永新城附近。

占领永新后，第二十八团、第二十九团开了一个大会，还有群众参加，没有看到第三十一团参加，也没有见到毛泽东，但宛希先来了，他还讲了话。在这个大会上，朱德和陈毅都讲了话。朱德说，现在我们从湘南到江西来了，四天前在黄坳打了胜仗，前天到五斗江又打了胜仗，我们要在江西打出一个局面来。接着他讲，要加强纪律性，革命军队要爱护工人、农民，不要损害他们的利益，军队要遵守纪律，服从命令。他还批评了一些不守纪律的现象，说革命没有纪律是不会成功的，有一种人以为自己会打仗，就骄傲起来了，了不起，我们用不着这种英雄豪杰。朱德还讲到打五斗江的事，他说，五斗江战斗时，敌人第八十一团走了一夜，包围五斗江时是比较疲劳的。第二天他们袭击我们，第二十八团就地反击，打得很好，缴了几百支枪。但是有个缺点，就是没有追击，因为敌人一晚没有睡觉，他们爬山来包围我们，又没有吃饭，天下着雨，路又滑，而我们的队伍睡了觉，如果打垮他们后一直追下去，追他个30公里，追到拿山，就可以把他们消灭。朱德的这个批评很好，鼓舞了士气，又批评了缺点。那天开会的时候，朱德还向我们介绍了宛希先、何长工、胡少海、龚楚、王尔琢等。后来，朱德还同我们第二十九团单独开了会，他说，这个梭镖团能冲啊！梭镖有战斗力，对我们第二十九团鼓舞很大。第一次打永新之后，我们第二十九团增加了武装，但梭镖没有丢，在以后的战斗里通过缴获慢慢地换成了枪。

第一次打进永新以后，部队按毛泽东的部署做群众工作，前锋部队到天河，我们第二十九团在永新的石灰桥、高桥头等地，团部驻在石灰桥，主要是做群众工作。有一天，叫我去团部开会，宛希先在会上给我们讲了游击战术"十六字诀"，因为是第一次听到这个说法，印象比较深，对宛希先的印象也比较深。

草市坳之战[*]

张宗逊

  1928 年 5 月 9 日，毛泽东、朱德两支部队在江西省宁冈砻市正式编成中国工农红军第四军。我所在的工农红军第一师第一团，改编为第四军第十一师第三十一团。我仍在第一营第二连任副连长，连长是谭希林。

  这时，驻在永新城的敌杨如轩以 2 个团的兵力，由永新、遂川兵分两路向井冈山革命根据地发动第二次"进剿"。第四军军委决定采取"集中兵力，歼敌一路"的作战方针，由朱德军长率第二十八团和第二十九团向遂川方向行动，迎击敌人一路，并扩大革命根据地；毛泽东党代表率第三十一团，阻击进攻宁冈之敌。第二十八团在 5 月 6 日由黄坳进抵五斗江，与赣敌一个团遭遇，经过激烈战斗，歼敌大部，残敌逃向永新。朱德军长率第二十八团、第二十九团乘

  * 本文原标题为《忆打破赣敌第三次"进剿"的草市坳之战》，收录时做了适当修改。

胜追击，在5月7日首次进占永新县城，粉碎了赣敌对井冈山根据地的第二次"进剿"。

1928年5月13日，赣敌又以杨如轩第二十七师和王均第七师、杨池生第九师各一部，共5个团的兵力，向井冈山革命根据地发动第三次"进剿"。这时，第四军即主动撤出永新，待机歼敌。5月16日，我们三十一团一营奉命单独行动，由营长负一民、党代表宛希先率领，奔袭湖南茶陵县的高陇，以调动永新之敌，并收集报纸。当时还没有无线电联络和收音机，红军的情报主要靠派人出去侦察和收集研究报纸获得。毛泽东非常重视收集报纸这项工作。茶陵县的高陇是国民政府主席谭延闿的家乡，这里的上层人士文化程度较高，豪绅地主多与外地有联系，所以红军选定高陇作为收集情报的点。在这次执行任务中，我军和湘敌吴尚第八军1个团发生了激烈战斗。正在危急之时，朱德、王尔琢率领第二十八团从宁冈赶来增援，经过两小时激战，取得了胜利，歼敌数百人。我们一营在这次战斗中付出了很大的代价，营长负一民阵亡，三连连长张金泉负重伤后牺牲，二连排长韩伟和徐扬均负伤。当时我带二连1个排在高陇村边隔河守住一个桥头，击退了敌人的进攻。18日凌晨，我们两支部队在朱德、王尔琢率领下回到永新西乡小西江地区。

我们奔袭高陇的行动，果然调动了敌人。敌杨如轩率第二十七师师部、第七十九团和第九师第二十七团1个营进占永新城后，见红军西出茶陵，遂令其余近4个团兵力南渡禾水河，由龙源口向宁冈进攻。我四军军委获得了敌人部署情报后，决定趁敌人主力南进，永新城内敌人兵力空虚，便令第二十八团和第三十一团第一营，由永新城西35公里的小西江区奔袭永新城，首先歼灭敌第二十七师师部，然后协同宁冈方向的我军部队，粉碎敌人的"进剿"。

5月19日，我三十一团一营随二十八团沿禾水河北岸向永新城急进。途中，在距永新15公里的草市坳和由永新城西进澧田的敌第七十九团遭遇，二十八团当即从正面向敌人发起冲击，敌人被打了个措手不及，前锋被打垮，其后续部队占领了大廖山。二十八团没等敌人展开，即由李家山向大廖山攻击，激战20来分钟，敌军支持不住，狼狈地向大堡桥逃窜。我三十一团第1营从侧面迅速包抄敌人后路，把敌人堵在大堡桥头，经过约两小时战斗，全歼敌第七十九团，敌团长刘安华被当场击毙。

草市坳战斗结束后，红军便马不停蹄地直奔永新城。永新城的敌人还不知道其第七十九团被歼灭，杨如轩还在师部里听留声机作乐。红军逼近永新城下，敌兵才仓促应战，红军很快冲进城里。城内敌人只有第二十七师师部和1个营兵力，抵挡不住红军的攻击，杨如轩仓皇爬上城墙跳出城外逃跑，在爬城墙时被流弹击中负伤。进攻龙源口地区的敌4个团得悉师部和七十九团被歼的消息后，也仓皇向吉安逃去。

红军第二十八团和第三十一团一营在一天之内连打两仗，取得了重大的胜利，以4个营兵力，全歼敌1个师部、

1个团另1个营，缴获迫击炮7门、枪340多支（挺）和大批弹药，还截获敌军银圆20余担和其他被服、医药等物资，取得了粉碎赣敌第三次"进剿"的胜利。

在粉碎敌人"进剿"的同时，新区工作有了很大的发展，各县都组织起地方武装。我在草市坳战斗之后，调往永新县任游击大队长。永新县的地方武装发展最快，农民中的活动分子能离开家的都积极参加游击队，游击大队迅速扩展到三四百人，并从敌人散兵那里搞到几十支枪。各乡的游击队和赤卫队也发展到几千人。这些地方武装的性质和红军一样，以共产党员和革命积极分子为骨干，辗转于永新县境内作战，有时也到外地和敌人作战。这些地方武装积极配合主力作战，对于巩固老区、发展新区起了很大作用。

龙源口大捷[*]

陈士榘

朱德、陈毅率领南昌起义保留下来的部队和湘南起义农军，与毛泽东率领的秋收起义部队会师后，革命武装力量进一步扩大了，1928年5月4日正式编成中国工农红军第四军。此后，在党和毛泽东的正确领导下，以积极的战斗行动和正确的战略战术，先后粉碎敌人的三次"进剿"，两次占领永新县城，使永新、茶陵、莲花等大部分地区建立起革命政权，扩大了革命根据地，从而影响和推动了湘赣边界地区武装斗争的开展，革命声势大振。

井冈山的革命之火，大有燎原之势。这使得正在疯狂屠杀共产党人的国民党反动派大为震惊，蒋介石急不可耐，命令江西省驻军对井冈山发动了第四次"进剿"，企图乘我立足未稳和未发展壮大之际，摧毁我革命根据地，拔掉这一杆

---

* 本文原标题为《龙源口大捷——记打破赣敌第四次"进剿"》，收录时做了适当修改。

红旗。

敌人"进剿"的主力，就是江西的"两只羊"。所谓两只羊指的是朱培德部下的两个师长，即第九师师长杨池生和第二十七师师长杨如轩。他们原是云南的队伍，装备好，受过正规训练，战斗力较强。第九师辖第二十五团、二十六团、二十七团，第二十七师辖第八十团、八十一团。第九师师长杨池生为总指挥。

敌人这次进攻的部署是：以第九师3个团向新老七溪岭推进，准备进占宁冈；以第二十七师2个团防守永新城。6月22日，敌第九师师部和第二十五团、二十六团进抵白口村，准备次日进攻老七溪岭；第二十七团进到龙源口，准备次日进攻新七溪岭。敌人的这个部署是耍了花招的。原朱新老七溪岭这两座高山，兀立在永新与宁冈之间，相距不到5公里，仿佛两扇大门，拱卫着井冈山根据地。从这里往东，都是荆棘丛生、松林密布的小山包。敌人要打到我根据地里来，必然要翻过这两座高岭。新七溪岭则为宁冈通永新的大道，虽是山路，因来往行人较多，较平坦宽阔。自从这条山路修成以后，老七溪岭就很少有人行走，已经破旧不堪的狭窄山路，便完全湮没在杂草乱荆之中。狡猾的敌人估计我们必然会加强对新七溪岭的防御，便用避实就虚的方法，用主要兵力进攻老七溪岭，以攻我不备，乘虚而入，插到宁冈袭占我根据地中心。

当时，我们并不清楚敌人的主攻方向，仅仅侦察到敌人分两路进攻。但是毛泽东领导的前委，决心粉碎敌人的"进剿"，保卫井冈山根据地；并根据二杨的特点，正确地分析了敌人进攻的几种可能性，采取了以下部署：以新老七溪岭作为主要作战方向，统一由朱德军长指挥。以第二十九团和第三十一团一营守新七溪岭，为牵制方向；以第二十八团守老七溪岭，作为主要防御方向；毛泽东掌握整个情况，并指挥第三十一团三营和袁文才部警戒湖南方向的敌人，王佐部守井冈山。6月23日黎明前，我军各部队便分头出发，奔赴作战位置。

战斗首先在新七溪岭打响。我军担任前卫的第二十九团的战士们，在静谧中登上山顶，占领了制高点。当他们沿着山道搜索到山脚时，恰巧与蜂拥而至的敌第二十七团遭遇，一场激烈的战斗便立刻展开了。新七溪岭的一条山路正好是在山梁上，两侧部是陡峭险崖，丛竹矮松，繁密杂生，兵力难以展开，敌人也只能沿着这条唯一的山道向上仰攻。由于第二十九团的部队是湘南起义农民新组织起来的，枪支很少，多执梭镖，又没很好地进行过军事训练，当时虽然把枪支弹药集中起来，顽强抗击，但仍压不住敌人的火力。山梁上无工事可守，能够利用的地形地物也很少，加上走的是下坡路，密集的队形完全暴露在敌人的火力之下，部队伤亡越来越大。因扛不住敌人不间断的猛烈冲击，只好边打边退。

第二十八团因路途稍远，赶到老七溪岭时，敌人已抢先一步占领了制高点。我第二十八团的搜索队首先与敌接火。

敌人来势很猛，我们连续组织了几次攻击，都被敌人打了下来。这时新七溪岭方向的枪声越打越急，越响越近，显然是遭到敌人的猛烈攻击，在向后撤退。在这大敌当前，友邻阵地又形成收缩的严峻形势下，战斗是否有必要继续打下去呢？因为没有通信工具，无法及时请示上级，第二十八团团长王尔琢和党代表何长工等团、营干部进行了紧急研究，部分同志主张，败局已成，不如迅速撤离，保存有生力量。多数同志认为，这是朱毛会师后的一次反"进剿"作战，关系到井冈山根据地的巩固与安危的问题，必须坚决贯彻前委决定，不管新七溪岭方向情况如何，我们应该积极进攻，打退敌人，如果我们在井冈山站不住脚，甚至丢失这块根据地，损失就更大了。

这时，老七溪岭的敌人已停止了进攻，而新七溪岭的枪声虽然还是那么激烈，但却停留在山顶附近，看样子，敌人的进攻被阻挡住了。原来，我三十一团一营三连作为第二梯队，紧随二十九团后面跟进，由于是第二梯队，没有做任何战斗部署。当二十九团支持不住，向后一退，三连就和敌人顶了个照面，仓促投入战斗，一开始连长就牺牲了，其余的连干部也都负了伤，连队当即失去指挥。在此关键时刻，一排排长挺身而出，指挥全连奋勇阻击。虽然连队伤亡很大，但他们顶住了敌人。因阵地狭窄，队形无法展开，战士们便临时搬来一些石头作掩护，坚持战斗。敌人见我们没有机枪，便排着密集的队形向上猛冲。三连终因人员、火力不足，没有支持多久，也退了下来。

敌人就要冲上山顶，距山顶上的一个茶亭只有200米左右，而我三十一团一营的指挥所就设在茶亭的附近。当时我任一营副营长，看到这种严峻的局面，人人手里捏着一把汗，营部人员紧张组织起来，准备投入战斗。

"砰、砰、砰……"突然一阵清脆的枪声盖住了敌人的枪声和叫喊声，好像晴天里忽然打了一个霹雳，冲在最前面的敌人应声倒下，其余的敌人被这突如其来的袭击惊呆了，在原地动也不动。紧接着，只听"瞄准，放！"又是一排枪，击倒了一批敌人。原来当三连奋不顾身地阻击敌人时，为二连争取了时间，他们依靠山路转弯处的高地，展开了较多的兵力，并构筑了一些简单的单人掩体和交通沟，因而能顽强地抗击凶猛的敌人。敌人清醒过来后，狂呼乱叫，蜂拥而上，各种火器齐向二连的阵地射击，直打得硝烟滚滚，二连的伤亡逐渐增加。当时二连副连长膝盖已被子弹打穿，仍然伏在地上，继续用驳壳枪射击敌人。在这危急关头，一连连长带着队伍增援上来，也采用二连的办法，用排子枪射击敌人。疯狂进攻的敌人终于被阻止了。

这时天近正午，火辣辣的太阳晒得石头烫人。山上找不到水喝，战士们的嗓子里渴得快冒出烟了。但当看到敌人死伤遍地，锐气已挫，攻势无力时，他们忘记了饥渴，士气越打越旺。

就在这时，老七溪岭一路，我军组织精兵，扬长避短，开始了对整个战局有决定意义的行动。

　　第二十八团根据地形不便展开兵力和我们的短兵火器适于近战肉搏的特点，重新做了一次严密的战斗组织，挑选作战勇敢、有战斗经验的党员、班长和老战士，与连排长、党代表编成 10 个冲锋集群，第一集群 24 个人，按 3 支冲锋枪、5 杆梭镖、7 支步枪、9 把驳壳枪的比例配备武器。团党代表重新做了战斗动员，这一个个精兵短器组成的集群，分梯次扑向敌人阵地。

　　敌人估计老七溪岭我军防守兵力不多，没有充分战斗准备，便让士兵们就地休息，准备过了正午，直插我后方以收奇效。老七溪岭山顶也有个茶亭，敌兵们爬了半天山，又热又渴，一个个钻进茶亭附近的阴凉处，横七竖八地躺下来纳凉。

　　这时候，我二十八团纵深梯次配置的冲锋集群，在集中起来的重机枪火力掩护下，利用地形地物，以跃进动作，一起一伏，隐蔽前进，几个猛扑，就接近了敌人。乘敌人惊慌失措之际，我第一集群的勇士们突然跃起，迅猛向茶亭冲去。战士们勇往直前，杀声震天。敌人在慌乱中组织抵抗，机关枪、冲锋枪、小炮，乒乓一阵乱打。我们的战士三两步就冲到敌人面前，枪打、梭镖刺。敌人的枪炮用不上了，被迫与我们展开了肉搏战。这时梭镖变成了最得力的武器，当敌人刚刚举起刺刀的一刹那，梭镖便刺入他们的胸膛。紧接着，我们的第二、第三个冲锋集群又扑了上来，短兵火器发挥了极大威力。敌人死伤越来越多，难以支持，活着的纷纷溃退下去，我军迅速占领了制高点。

前边的敌人一垮，后边的敌人尚未明白情况，在我200余名精兵的追杀之下，如山崖崩塌，向后压去。敌人边退边喊："红军来了，快跑呀！"正前进的敌人被他们的退兵一冲，也跟着垮了下来。越向下，人越多，路越窄，越拥挤不堪，乱糟糟的自相冲撞践踏，许多敌人跌落在两侧的山谷中。真是"兵败如山倒"。我军就像秋风扫落叶一样，转眼工夫，就将2个团的敌人冲得七零八落。在追击中，敌人1个团被我军消灭，余下的敌人逃回了永新城。

第二十八团没有穷追，立即奔往龙源口，去抄进攻新七溪岭敌人的后路。

当第二十八团在老七溪岭进攻得手时，朱德军长便命令第三十一团一营和第二十九团立刻向新七溪岭的敌人迅猛出击。

这时候，轻便的梭镖又成为最有效的武器，发挥了巨大的威力。我二十九团的战士们抖动着梭镖，银光闪烁，红缨飞舞，在震耳的呐喊声中向敌人扑去。最初敌人还拼命还击，怎奈形势已经大不一样。午前，敌人是"一鼓作气"，而现在则是"再而衰、三而竭"了。士气低落，已无战心，无法挡住我们瀑布般的冲击。正在这时，山下龙源口方向骤然间枪声大作，敌人见退路受到威胁，军心完全动摇，像一段险堤突然垮了下来，我一营和二十九团的指战员们穷追不舍，把这股敌人大部分消灭在龙源口。我军各路部队在此会师了。

　　下午3点左右，金灿灿的太阳照耀着井冈山的重峦叠嶂，无数面红旗在丛丛翠绿中飘扬。红军战士们忘记了饥渴和疲劳，四处搜索残敌，打扫战场，一个个脸上充满笑容和自豪感。这一仗使二十九团都换成了步枪。一些战士诙谐地说道："两只羊被我们打得这样惨，以后谁还给我们送武器来呀！"胜利，给艰苦奋战的井冈山战士带来无穷的欢乐。龙源口战斗后，我军乘胜第三次占领永新城，从而粉碎了敌人对井冈山革命根据地的第四次"进剿"。

　　龙源口一仗，我军取得一举歼敌一个多团，并击溃和重创敌两个团的重大胜利。毛泽东在《井冈山的斗争》一文中曾指出："6月23日龙源口（永新宁冈交界处）一战，第四次击破江西敌人之后，我区有宁冈、永新、莲花三个全县，吉安、安福各小部，遂川北部，酃县东南部，是为全盛时期。"在这里，毛泽东充分揭示了龙源口大捷的重要意义。

永新困敌

刘 型

龙源口大捷的第二天，红军大队进了永新县城，次日晚上，毛泽东、朱德、陈毅同志在县城一个中学的楼上主持召开了红四军连以上干部会议，到会的有 300 人左右。会议主要是由毛泽东同志布置任务，朱德、陈毅同志都没有讲话。会议有个决议，主要是讲分兵问题，讲哪个团到哪里，分兵的任务，要筹多少款，要扩多少兵，等等。同时还规定了在两个星期内把土地都分完，做到乡村政权普遍建立，乡村组织暴动队，区乡两级都有赤卫队。按照毛泽东同志大力经营永新的方针，把遂川、鄘县、茶陵等县委的干部都调到永新工作，负责一个区域，要他们按期完成分配土地的任务。当时毛泽东同志说过一句话，大意是：我们看永新一个县要比一国还重要，我们要集中人力在这个县，要在最短的时间之内，建立一个党与群众的坚实基础。

会后，第三十一团到了永新的东乡，第二十九团到了莲花县，第二十八团到了安福边界，开展群众工作。当时，永新西乡是根据地，工作基础好，北乡也不错，东乡是游击区，我们连分配到天河。

正当红四军在永新、莲花红色区域建立地方武装，分田地，发展党的组织，在安福、吉安游击区筹款，扩军的时候，湖南省委代表杜修经、袁德生来到永新，带来了湖南省委的指示信，说敌人要发动"会剿"，要红军避开敌人，到湘南去解决经济问题。毛泽东同志立即在永新县城召开特委、军委、永新县委联席会议，杜修经和袁德生都参加了会议。会上，讨论了湖南省委的来信，大家一致不同意湖南省委的意见。认为当时江西的敌人弱，湖南的敌人强，湘南搞过暴动，受盲动主义的影响，烧杀太多，解决不了经济问题；红军伤兵很多，去也去不成，丢也丢不了；部队连续作战，没有进行休整。因此，会议决定不去湖南。7 月 4 日，特委、军委给湖南省委写了报告，提出了不同意去湘南，要求红四军仍然留在井冈山根据地的意见。

1928 年 7 月 10 日，袁文才报告，湖南敌人 1 个军进了宁冈，这时江西的敌人第三军、第六军、第九军都来了。红四军军委召开会议讨论，决定把红军调回宁冈。我们三十一团一营是从拿山到茅坪。敌人进入宁冈后，两眼一抹黑，找不到饭吃，也派不出侦探，带路的人都没有，群众又打游击，非常恐慌，就赶快往永新西乡、茶陵方向跑了。我们怕江西、湖南两省敌军会合起来，决定第二十八团和第二十九团攻打鄰县、茶陵，牵制湖南的敌人。毛泽东同志带第三十一团回永新，牵制江西敌人，采取这个办法使敌人来不了。不久，第二十八团和第二十九团打下鄰县。这时，杜修经就活动起来，把部队从鄰县拉往湘南。他们是 7 月 17 日从鄰县出发，当时毛泽东同志写了信，派人去追，要他们回来却不回来。

其时，第三十一团正在永新掩护农民割稻，保卫土地革命的果实。开始敌人没有进城，红军在广大群众的掩护下，在东乡和北乡阻击从吉安进攻永新之赣敌第三军、第六军共 11 个团之众。当时，毛泽东同志将部队分成三路分别行动。毛泽东同志亲率二连、三连驻石灰桥，由一营营长陈毅安指挥，阻击从天河攻宁冈之敌，并指挥各路行动；北路以宛希先为书记，三营营长伍中豪为指挥，率一连、七连、八连，位于永新北乡，背靠天龙山，阻击从安福进犯永新之敌 1 个师；中路以何挺颖为书记，团长朱云卿为指挥，辖团部特务连和三营九连。我在北路行委，我们的活动中心是在象形。有一天，我们在宛希先、伍中豪指挥下，与敌人在象形打了一天，到了晚上才从天龙山退回龙田、后田一带。当时形势不断变化，部队也就随着形势的变化而不断变化。永新的地方武装不少，有七八百支枪，相当于一个团的兵力。我们采取零敲碎打的办法，把早稻都收割了，将粮食藏起来，坚壁清野。把通往吉安的道路切断了，敌人进了城也没有办法。敌军 11 个团，人很多，吃饭都困难。就这样，红军在群众的掩护下，用游击战，一面作战，一面做群众工作，在永新县城附近15公里之内，与敌相持达25天之久。敌人在我群众包围之下，如盲如聋，待我二十八团、二十九团在湘南"八月失败"，赣敌知道我主力不在，乃发起几路猛攻，我军乃逐渐转移至预先指定的小西江区会师。北路部队则星夜绕经天龙山、路江、茶陵高坑回到集中地。

部队到达九坡村的当天晚上，毛泽东同志召集连以上干部会议，总结作战经验和部署任务。

湘南游击队[*]

唐天际

为了巩固井冈山政权，扩大湘赣边区革命根据地，发展湘南人民的革命斗争，在主力回师井冈山途中，党委临时决定成立湘南红军游击队，由湘南特委直接领导。党委决定我卸任红四军二十八团三营党代表，调任这支游击队的大队长。

当时，这支游击队只有 30 多人。朱德军长批准由二十八团抽调一部分枪支，但由于武器短缺，结果只抽调出了 12 支枪（其中套筒枪、毛瑟枪各 2 支，单响枪 8 支），其他都是些土枪、梭镖等。就这样，我们这支游击队便开始留在龙溪十二洞、八面山下的资兴、汝城、桂东三县边区的崇山峻岭中展开了游击活动。

早在大革命时期，湘南就掀起过蓬蓬勃勃的农民运动，

---

* 本文原标题为《湘南游击队的初期活动》，收录时做了适当修改。

马日事变后，遭到了白色恐怖的残酷镇压。秋收起义的部队到了井冈山，湘赣边的农民又起来了。朱德同志、陈毅同志率领的南昌起义军来到湘南，又点燃了湘南暴动的烈火。在这时期，曾以资兴为中心，动员农民组成一个团。所以这里有革命基础。龙溪十二洞斜倚在资兴的东南，紧靠着八面山、雷公山，方圆数十里。山中村落稀疏，人民贫困，更是开展游击战争的良好场所。我们来到这里以后，首先明白地告诉农民：我们不走了。接着就着手发动群众，广泛地做调查、宣传、组织工作，同时，打土豪、分粮食，解决农民的实际生活困难。这样，经过我们短时间的工作后，群众就发动起来了。

我们还没有完全站稳脚跟，敌人就不断地来"围剿"。开始，他们到处追踪，企图将我们消灭，但我们处处有群众支援，哪里能消灭得了？敌人看着没法，便使出了更为毒辣的手段，到处大杀大抢，烧山烧房子，妄想以残酷的白色恐怖困死我们。在这样的情况下，我们必须进行战斗，打击敌人的气焰。但要打仗，就得有枪、有弹药。而我们武器既少，弹药又奇缺。同志们说："我们好枪太少，像这样的吹火筒，这样几颗子弹，还能打胜仗？"这时，我们按照在井冈山时毛泽东同志经常教导我们如何以少胜多、以寡胜众、以弱胜强的游击战术原则，将全队 30 多个人分成 3 个班，与当地赤卫队配合起来，和敌人进行游击战。

枪弹少就有枪弹少的打法。打法是：坚决勇敢，不怕牺牲，神出鬼没，力求隐蔽，机动灵活，动作迅速。特别是坚决勇敢、不怕牺牲这一条最重要。有了这一条，再加上灵活的战术，即使装备有困难，也能打胜仗。于是，我们首先从小规模的伏击战着手。我们常常是这样：以两条枪、两发子弹作为攻击力量，又以一条枪一发子弹作为掩护力量。这样以枪组成一个小组。打的时候，前面两条枪对准一个敌人，后面一条掩护，必要时增援，其余无子弹的人作为预备队。每当遇到三五成群的敌人的散兵，只要我们采取这个打法，准能打倒几个敌人，不仅能得到枪，而且能得几十排子弹。有了子弹，我们就可以全队参加作战了。在准备一个较大的战斗之前，我们常常是在群众掩护下首先分班打几次这样的小战斗，一方面激励大家的胜利信心，另一方面又做了战斗的物质准备。当时，我们除了常规的政治口号外，还强调提出：子弹是我们最宝贵的粮食。没有粮食，我们就要饿死；没有子弹，我们就不能打胜仗，甚至还会被消灭。

连打了几个小战斗，取得了几百排子弹以后，我们便有打"大仗"的可能了。记得在彩洞附近进行过一次战斗。头一天就得到消息，敌人从资兴开来吴尚的 1 个营正规军和反动民团几百人；汝城匪首胡凤璋派了 1 个队来到南洞，桂东也来 1 个营进至沙田。我们决心与敌人打一仗。按照地形，便于腰斩敌人，于是决定先打资兴来的敌人。

阴沉沉的天气，下着牛毛细雨，树叶上淅淅沥沥地滴着雨水。战士们有的戴着树枝做的斗笠，有的披着草制的蓑衣，但还是全身湿透了。我们将部队带到山坳，派出2个突击队，分别隐蔽在小路两边的杂木草丛中，其余的与群众在一起，分别布置在制高点上，作为掩护和预备队。

一条只一尺多宽的山路，稍带弯曲地从山前搭到山背，像一根浸湿了的土黄色的带子。敌人分成三截，前后是民团，中间是正规军，成一路纵队，沿着这条湿滑的沙石小路，躬着背吆吆喝喝地爬行着。

雨越下越大。我们清楚地看到敌人爬到坳上，又慢吞吞地下到坳背去，一个、两个、三个……

翻过山的敌人已经有几百名，两头的数目渐渐差不多了，我们一声号令，埋伏在两边的队伍顿时拥了出来，往敌军腰间一插，切成两段。一时枪声、喊杀声大作。敌人措手不及，在窄小的山路上也施展不开，慌慌乱乱，连滚带摔，哀叫声、乱枪声和雨声混在一起。两头敌军有的走过了，有的没赶上来，又因山路崎岖来不及增援，只好各自逃窜。近千名敌人，不到一小时，被我们全部击溃，死伤百余。

这次战斗，我们很少伤亡，俘虏敌人很多，第一次缴到了两支步枪。胜利鼓舞了战士们，更鼓舞了广大农民。

除了上述这种以少胜多的打法外，我们还采取了"以多胜少"的打法。这也是我们执行毛泽东同志的集中优势兵力消灭敌人的战法之一。当大股的敌人进攻时，我们就先分出一部分力量，与赤卫队和群众配合起来，四处吹角鸣锣，袭扰、迷惑、牵制和吸引敌人，使敌人觉得草木皆兵，举棋不定。主力则隐蔽起来，发现敌人的错觉和弱点以后即迅速地集中优势兵力，攻击敌人的薄弱部分，一下子打垮或消灭一股。用这种打法，我们常以1个排的兵力消灭敌人1个班，用1个连的兵力消灭敌人1个排甚至2个排。敌人吃了败仗，如果还不回头，我们则用同样的打法连续战斗，歼灭敌人另外一股；如果敌人被迫撤退，我们则立即动员起广大的赤卫队和农民群众，尾追和沿途侧击敌人，又可以给敌人一些杀伤。这样在战术上虽然以多胜少，但在战役上仍然是以少胜多的。

当敌人集中较大的兵力大举"围剿"的时候，我们看着吃不掉他，便又采取了一种和敌人换防的打法：突出敌人包围，插到白区里活动。突围的战斗是多种多样的，有时敌人一开始进攻，我们便和敌人同时进军，避过敌人主力，插到敌后去；有时，我们故意与敌人接触，且战且退，边退边抽出主力，待将敌人引进山区，我们的主力也已撤出一旁集中起来，然后以突然动作甩开敌人，插入敌后。有时索性钻进深山密林隐蔽起来，以岩石作墙壁、瀑布作门帘，挖竹笋、采香菇吃，休息几天。待"围剿"的敌人围拢了，我们瞅得准准的，或抓住他们合围部队参差不齐的弱点，利用敌人同时并进、你进我不进的矛盾，乘隙突出去；或者隐蔽转移，或者留一小部吸引敌人，主力突围，或者干脆化整为零，从敌人的合围网里渗透出去。这样一下子打出外线，进入白区，收拾掉小股的敌军，打土豪、分粮食，搞得敌军晕头转向，土豪日夜惶恐不安。

记得在田庄附近打了一仗就是这样。敌人集中了几路来围攻，我们以一支小部队配合赤卫队虚张声势吸引敌人，开始敌人怕上当，派出探子来侦察，我们抓住了侦探，故意把我们的主力暴露给他，然后放他回去；愚蠢的敌人以为得计，便全力来攻了。我们的小部队便紧紧地把他们吸住，主力则星夜进入敌后，连扫几个村镇，大打土豪。等敌人大队闻讯仓皇撤回，我们却早已安全转移了。

当然，我们这样一支小的游击武装，在强大的敌人包围中进行活动，没有群众的支持，没有与群众亲如鱼水的关系，要想生存、发展和取得胜利是不可能的。在游击队建立的开始，党就指示我们：一定要做好群众工作。我们坚决执行了这一指示，在每次战斗之后，哪怕是十分短暂的间隙，我们也立即分散开来，向根据地四周的村镇展开活动，游击队严格执行了井冈山时期毛泽东亲手定的"三大纪律，六项注意"，人人做宣传，人人做调查，发动农民打土豪、分粮食，收缴地主武装。群众发动起来了，建立了党的组织，组织了赤卫队，配合游击队同地主、反动挨户团展开了斗争。群众对革命、对游击队的爱护和支持，是无微不至的，当我们隐蔽休整的时候，群众冒着生命危险，给我们往山上送粮送菜，打仗的时候，他们送情报、运伤员，配合游击队袭扰敌人……当我们化整为零分散活动的时候，他们又想尽办法掩护我们，此外，还有大批的青年农民参军，壮大了游击队的力量。

在连续的胜利中，在群众的大力支持下，部队迅速发展了。不到几个月，游击队就扩大到200多人，有了100多条枪，我们的活动范围扩大了，群众组织也发展了。部队的政治组织和政治工作也更健全起来。我们建立了几个中队，中队设有政治指导员，党的支部和青年团组织也更健全了。一切战斗和工作都经支部讨论决定（大的问题请示特委决定）。此外还建立了伙食委员会（经济委员会），管理大家的生活；日常的奖惩也都经军人大会讨论决定。为了适应频繁的游击活动，我们从部队的实际情况出发拟定编制；没有专任的侦察员、通信员，都是临时指派；没有挑夫、伙夫，由大家轮流担任。这样，人人是战斗员，又是工作员，人人做调查、宣传，大家都有接近群众的机会。部队便真正成了一支执行政治任务的武装工作队，内部更加团结，战斗力也大大提高了。

1929年6月，上级党组织给我们送来了我党"六大"决议和一封信，要我们立即行动，配合主力作战。

广大群众知道主力来了，万分兴奋，普遍地掀起了参战参军的热潮。战士们听说主力来了，更是欢腾，都说："这回要给胡凤璋厉害尝尝了。"

我们立即兼程南下。天气闷热，草鞋、胶鞋像火烤了似的，从脚板心直热到背心。队伍像一股热流，直奔汝城。敌人发觉了，欺负我们人少，就来堵击，幸亏我们行动灵活，且战且走，才摆脱了敌人，但却失去了和主力会合的机会。

我们走到沙田附近，敌人又跟上了，面前横着一条 200 米宽的滁水，没有船，又不能徒涉，沙田又有敌人 1 个营把守着。前后受敌，背水作战，情况是很不利的。我们决定在追敌没到之前，以一小部分队伍牵制敌人，把敌引向另一方向攻击，而先头部队却以便衣偷袭对岸河口守敌，首先消灭敌人的军士哨，然后主力渡河。这样，等守敌发觉和后面的敌人赶到河边，我们早已顺利地渡过滁水，把沙田撇得远远的了。这次我们不但没有伤亡，而且还打垮了敌人 1 个排，消灭了敌人 1 个班。

这一次，虽然红军主力没有在湘南久留，但却给了湘南的豪绅地主和国民党军狠狠的一次打击。一些小城镇的地主老财，都惶惶不安，撤到大县城去了。群众得到有力鼓舞，我们的工作也得到进一步发展，信心更足了。

红四军特务营*

毕占云

　　我是阎仲儒部下第八团的一个营长，下属有 3 个连，其中有 2 个连长是武汉政治学校毕业的共产党员。这两个连长在士兵中教唱《国际歌》和少年先锋队队歌，后被上级发现了，进行追究，我就要他们离开部队，并给了他们一点路费。这件事发生后，我营被改编为连，部队开到醴陵、茶陵、安仁一带。1928 年 8 月，朱德部与我部在距桂东 30 公里的地方相遇，两军只差 100 多米，进行交锋，我连没有下决心打，结果朱德部安全地走了。后来又在桂东和郿县交界处，与红军打仗。这时，我就召开会议决定投奔红军，参加革命。在火线上派出人员与红军部队联系。结果，在遂川大汾附近陈毅同志来接我们部队，后来派了姓陈的党代表（名字记不清了）到我部做政治工作。10 月，我们到达宁冈，

---

　　* 本文原题为《忆红四军特务营》，收录时做了适当修改。

被编为红四军特务营，直属于红四军军部领导。毛泽东同志常来特务营了解情况，关心干部和战士，进行政治教育，给我们很大鼓舞。这次我们在宁冈住了十多天。

11月9日，我军与敌周浑元旅战于宁冈七溪岭，是二十八团主力和特务营参加打的。我们主动向敌人进攻，敌人守在七溪岭上不敢下来。没有打多久，敌人就被我们打垮，从龙源口往永新县败退。我军前锋部队追至永新县城外，战斗打得很激烈，结果我前锋部队将敌人击败。占领县城两个小时之久，后因在离永新县城5公里的石灰桥发现敌人来了2个团增援，我军决定撤离永新县城，返回宁冈。这次战斗打了一天，缴获敌人一部分枪支，特务营最后撤离永新。

为了粉碎敌人的军事"进剿"，巩固和扩大井冈山革命根据地，前委决定红四军全军进行整训，时间大约在11月9日以后，天气已经变冷了，地点在宁冈县城和城郊。部队分散整训，有一个月左右，整训内容主要是进行思想教育工作。整顿军队党的组织，整顿士兵委员会，解决官兵之间、干部之间的矛盾。毛泽东同志向部队做了政治报告。部队经过整训，战斗力进一步增强，士气也进一步提高了，对当时少数人的游击习气进行了批评，增强了官兵之间、干部之间的团结，克服了某些干部的军阀作风。

我们特务营只参加了几天的整训，就接受任务去莲花一带。当时永新驻了金汉鼎的3个团。为保证这次红四军整训的顺利开展，牵制敌人，及开辟莲花、安福，重点是莲花县的工作，由我们特务营、独立营和莲花独立团一同去莲花牵制敌人。同时还组织了北路行动委员会。

北路行动委员会由 5 个人组成，是在宁冈由前委任命的，何长工为书记，特务营党代表陈某、莲花县委书记朱亦岳、莲花独立团团长和我等四人为委员。当时去的部队有特务营 100 多人，莲花独立团七八十人。朱亦岳随行委行动，他是莲花人，北京大学学生，从宁冈出发时，他还背着个四五岁的小孩，可能是他的儿子。莲花独立团团长是主力红军派去的，不是莲花人。

我们当时从宁冈去莲花是由莲花独立团带路，他们在前，我们在后，没有经过永新县城，而是直插莲花。经过莲花县城时，在县城背后遇到当地的地主武装，打了一仗，虽然敌人被打退了，但由于我们的目的是虚张声势，牵制敌人，掩护主力冬季整训，不一定要和敌人打大仗，所以没有追，也没有打县城，而是绕过县城到九都去了。

九都是莲花到萍乡的主要道路，那里是莲花县委的所在地，也是莲花独立团的根据地，地形条件很好。部队在九都开展了四五天的群众工作，牵动了金汉鼎部两个团向莲花移动，在离九都一二十里路远的地方驻了安福的一个团总，我们一到九都就去打了这个团总。

每次打仗，都是莲花独立团打主攻，我们在后面，这次也不例外。我带了 2 个连在九都两边山上做警戒。战斗从拂晓时打响，一直打到八九点钟。莲花独立团打得很勇敢，打死了不少敌人。后来萍乡一带的敌人出动了，我们的背后发现了敌人，就撤下来了。这时，红五军正好从萍乡来，和我们碰上了，开始也不知道是红五军，双方几乎打起来，后来他们摇红旗，大喊："不要打枪，我们是红五军。"搞清楚情况后，才与红五军会合。从宁冈到莲花，再回到宁冈，时间不到两个星期。部队回来后，我们继续参加整训。

独立营营长张威也是率部从国民党军队反水过来的，被编为独立营。北路行委去莲花时他们也去了，后又同我们一起回井冈山，张威后来和我在一起。红四军下山打大余时，他牺牲了，3 个大队被打掉了 2 个大队。张威牺牲后，他手下的部队编到我的特务营里，叫十二大队。1930 年我从主力红军被调到福建。从此，我就离开了这支部队。

迎接红五军

陈杰开　陈判林

1928 年 11 月间，正在宁冈新城参加红四军冬季整训的莲花红色独立团接到一个紧急任务：立即赶回莲花，准备迎接彭德怀、滕代远率领的红五军上井冈山与红四军会师。听到这个消息，大家都很兴奋，因为这样一来，井冈山红军的力量又要大大增强了。

莲花红色独立团经过整训后，一部分编入红四军为独立营，张威为营长；另一部分编为莲花赤卫大队，由红四军派干部夏炎任大队长。迎接红五军上山的武装除了这两支部队以外，还有同时在宁冈参加冬季整训的以毕占云为营长的红四军特务营。三支部队组成北路行委，由何长工负责领导，星夜开赴莲花，准备与萍乡方向开来的红五军先头部队接头。

进入莲花县境，接到消息：敌莲花靖卫队在我军叛徒杨良圣带领下，趁红色武装外出整训之机，联合萍乡南坑、白竹靖卫队在上西一带大肆烧屋杀人，并放出风欺骗群众说："独立团在莲花站不住脚，全部逃走了！"企图围攻莲花县委，扼杀莲花革命力量。而自红色独立团离县以后，县委在贺国庆带领的 7 支枪保护之下，东奔西跑，处境十分困难。为了扫清外围之敌，打开边界斗争局面，让红五军顺利上山，北路行动委员会决定以迅雷不及掩耳之势，将这股敌人歼灭。

当天下午，部队赶至马家坳与莲花县委接上了关系，侦知靖卫队主力驻在南陂上沿江一带，为了抓住战机，莲花赤卫大队43 条枪决定分三路连夜进攻。一路从纸形里过后山与贺国庆率领的 7 支枪会合；一路登罗形里，截断敌人退路；一路从马家增过坊楼直取南陂上沿江，其余则驻在坊楼成掎角之势。

就在莲花赤卫大队迅速运动接近敌人之际，另一支大军也正在捷步行进朝莲花方向靠拢，这就是彭德怀、滕代远率领的红五军部队。原来，在此之前红五军便从湖北通城挥师南下，向江西挺进。10 月初在江西修水的台庄红五军党委与湘鄂赣特委举行了联席扩大会议，讨论行动计划，并决定将红五军与平、浏、修、铜赤卫队混合改编为 3 个纵队、10 个大队。第一纵队长李灿，第二纵队长黄公略，第三纵队长贺国中，另军部直辖 1 个特务大队。整编后，由于敌人封锁，红五军经济状况日益困难，乃决定由彭德怀、滕代远、邓萍、贺国中、李灿、张纯清率 5 个大队（约800 人）向南转移，一则向井冈山联络红四军，二则解决经济问题。其余5个大队由黄公略率领在平浏边境坚持斗争，并相机掩护主力行动。彭德怀、滕代远率队向南挺进，势如破竹，在万载消灭了当地地主武装，休整三天后继续南进，沿途打土豪分浮财，进行了政治宣传，扩大红军影响。11 月，部队向西南经萍乡，再向东到宣风，从宣风经三股坳进莲花境内之高州村，当晚在高州宿营。第二天拂晓，拟往莲花县城进发，然后经永新上井冈山。部队走出高州 5 公里，在罗市村找到向导陈杰开，带路往坊楼走来，到圳垄口约上午 8 点，忽然听见南陂方向枪声密集，喊声震天，以为碰上了敌军的拦截部队，彭德怀果断地命令部队登上圳垄口两边的高山，控制有利地形，准备战斗。

此时，莲花靖卫队与萍乡白竹靖卫队正在坊楼一带骚扰。一方面搜查莲花县委，捉拿革命同志；另一方面配合湘赣敌军拦截和阻止红五军上井冈山与红四军会合。这一天清晨，靖卫队放在山上的军事哨遭到红军袭击，兵士去报告靖卫队队长杨良圣。杨正躺在床上抽大烟，说："不要紧，这又是贺国庆的七根烂枪来了，等我过足了瘾去缴了他的来！"话犹未了，外面枪声大作，赤卫大队已经进了村，杨这才着了慌，从墙上取了马枪就往外逃。红军战士杨年照在后面紧紧追赶，两人各自躲在一棵大树后面互相射击。这时靖卫队躲在村中，利用房屋及工事向外面集中火力射击。赤卫大队一时攻不进去，敌援兵又源源赶到，正在危急之际，红四军独立营和特务营从坊楼方向压来，只一个排枪，就把敌军阵线摧垮了，击毙敌靖卫队队长杨良圣，缴枪39支。但此次战斗中，赤卫大队队长夏炎同志壮烈牺牲，贺国庆同志身负重伤。

战斗结束后，部队迅速向坊楼集中，准备朝萍乡方向前进。刚返至坊楼，即发现坳垄口布满了岗哨，两边山头布满了部队。开始以为是敌人的正规军赶到了，非常紧张。接着双方吹军号问答，原来是自己人，派去接头的人一联系，才知对方就是盼望已久的红五军。战士们心里可高兴啦，欢呼着，跳跃着，互相拥抱，互相问候。经过两个多月的长途跋涉，战胜数倍于己的敌人的围追堵截，这支红军铁流终于顺利地到达了井冈山区。

红四军独立营、特务营、莲花赤卫大队与红五军部队会合后，在坊楼草坪中开了大会，大家席地而坐，红四军2个营和莲花赤卫大队坐前面，红五军战士们坐后面。彭德怀等领导同志在会上讲了话，对北路行委的同志们特意从井冈山赶到莲花来迎接部队上山表示感谢，并简略介绍平江起义及率部上山的经过。大家对红五军的到来再一次热烈欢迎，掌声经久不息。

红五军在井冈山[*]

李聚奎

平江起义后，红五军在江西修水的台庄进行了整编，而后，由彭德怀、滕代远率主力奔赴井冈山，由黄公略率二纵队就地坚持斗争。我跟随红五军主力，跋山涉水，昼夜兼程，向井冈山前进。路上，我经常看到彭德怀军长把马让给伤员骑，自己却脚蹬草鞋，身背米袋，徒步行军。有的同志见他走得很累，上前想抢他的米袋背，他总是转过头来，瞪着眼，严肃而风趣地说："拦路打劫？见你的鬼哟！"说完又背着米袋笑着大步向前走了。

我当时任中队长，滕代远有时也来到我们中队。他总爱唱他自己编的那首歌："不动摇，干到底，万众一心，团结一致。前进，把革命障碍踏平，翻天变乾坤，就靠我们红军！"和这些领导同志在一起，我总是细心观察，认真思考，

---

* 本文原题为《红五军在井冈山——忆反湘赣敌第三次"会剿"》，收录时做了适当修改。

然后在自己中队的战士中照葫芦画瓢一点一滴地学着做，常常收到很好的效果。

部队行军一个多月，翻过了幕阜山、九岭山、武功山等崇山峻岭，跨过了修水、锦江、袁水等急流险溪，经过了平江、修水、万载、萍乡等六七个县，击退了比我军多20倍的敌军的围追堵截，辗转行程数千里，几乎两三天就得打一仗，但部队一直士气高昂，斗志旺盛，终于在1928年12月上旬进抵莲花县。

奉红四军前委毛泽东、朱德之命前来接应我们的北路行动委员会书记何长工，早已率红四军特务营、独立营和莲花县赤卫大队两三百人，隐蔽在莲花城北约20公里处的九都山上迎接我们。当红五军部队进入九都后，经过一个多小时的周折，彼此才沟通了联络。

因莲花县城有敌军1个团驻守，会合后的红军部队于夜间从城西绕过，直插宁冈。12月10日下午，我们从永新三湾来到了新城。当时正在新城开展冬季整训的红四军部队和数万群众，在城西门外敲锣打鼓，列队欢迎红五军，两军官兵欢呼拥抱。红四军的同志一拥而上，把我们身上的背包、枪支都接过去，群众也热情地送茶倒水，嘘寒问暖。那种热烈的场面和气氛，真像是久别的亲人重逢。

当日傍晚，毛泽东、朱德以及边界的主要负责同志陈毅、谭震林、伍中豪、宛希先、袁文才等，早已在红四军军部驻地城隍庙聚集等候。当红五军主要领导人彭德怀、滕代远、邓萍、李灿、贺国中、张纯清等在何长工陪同下步入城隍庙中厅时，两军领导人亲切会见，互报姓名，握手致意。欢声笑语，又是一派激动人心的亲热气氛。

12 月 13 日上午，阳光普照，晴空万里，新城西门外的田里搭起了一个台子，台子上方，用松枝野花扎成艳丽的彩楼；台子两旁贴着一副醒目的对联，上联写着："在新城，迎新人，演新戏，打倒新军阀。"下联是："辞旧岁，逢旧友，叙旧情，推翻旧世界。"这就是庆祝两军胜利会师的联欢大会会场。9 点左右，两军部队从城外二三公里地的茅坪出发，高唱战歌，步伐整齐，浩浩荡荡，进入会场。

上午 10 点左右，大会隆重开幕。几十名号兵在台前吹起了雄壮的军号，锣鼓声、鞭炮声同时响起，真是声震群山，威震四海。

就在这大会刚刚开始的时刻，台子好像有意和大家开玩笑似的突然塌下来。台下一片哄堂大笑。笑声刚落，又听到有人在窃窃私语，说"垮台"意味着不吉利。

台子很快又搭起来了，朱德首先走上台，幽默地说："台子是用绳子捆的，人多重量大，它就垮了，但革命垮不了！"台下顿时爆发出一阵排山倒海似的掌声。

接着，毛泽东代表前委讲话。他身穿灰制服，健步走到台前，首先向大家挥手致意，然后精辟地分析了当时的国内形势。赞扬了红五军的革命精神，号召两支队伍加强团结，在党的领导下，为夺取革命胜利奋勇作战。

毛泽东当时讲的话，有的我至今记忆犹新。他抽着烟，边在台上来回走动着，边风趣地说："……工农群众占总人数百分之八十五，土豪劣绅只占一个很小的数字，你们说，打起仗来，是多数人打胜，还是少数人打胜？……我们的革命队伍是三兄弟，工人是大哥，农民是二哥，士兵是三弟，兄弟三人团结起来，就能打倒土豪劣绅，打遍天下！……"

毛泽东讲完后，彭德怀军长接着讲话，然后朱德军长代表红四军致辞，还有刚脱离国民党部队、参加红军不久的毕占云营长和宁冈县党政团体代表发言。最后，红四军文艺宣传队为大会演出节目。朱德、何长工、彭德怀等也亲自登台演唱，台上台下，歌声笑声欢呼声融成一片。

两军会师后，井冈山面临着严峻的军事、经济形势。当时，蒋桂战争还没有爆发，国民党反动派内部处于暂时稳定时期，为了摧毁井冈山革命根据地，蒋介石经过两个多月的精心策划，调集了湘赣两省近 20 个团的兵力，以湖南军阀何键为总指挥，向井冈山革命根据地发动了第三次大规模的"会剿"。此次"会剿"，湘赣敌军经过长期准备，处在外线，对红军实行严密的封锁与包围。他们在军队数量、交通运输、物资装备等方面大大优于红军。

井冈山根据地不仅面临着严重的军事威胁，而且还遇到了经济上的严重困难。井冈山本来就是一个偏僻的山区，农业落后，生产力极低，再加上敌人的烧杀抢掠，以及频繁的军事"进剿"，严密的经济封锁，这就使根据地不仅作战物资难以保障，就连日常的吃饭、穿衣、花钱等也得不到最低程度的满足。红五军主力上山，虽然壮大了革命根据地的力量，但因人数剧增，也加重了经济困难，红军官兵用单衣御寒都成了问题，甚至以稻草当被，日食红米南瓜。

面对严重的军事威胁和极大的经济困难，毛泽东于1929年1月4日在宁冈县柏露村主持召开了前委、特委、红四军、红五军军委及地方党组织负责人的联席会议，主要是讨论如何粉碎敌人"会剿"和解决经济困难的问题。会议决定采用"围魏救赵"的战略战术打破敌人的"会剿"。确定由毛泽东、朱德、陈毅率红四军主力出击赣南，除解决给养外，尽力牵制敌军，减轻敌军对井冈山根据地的军事压力。会议还决定将红五军部队编为红四军第三十团，彭德怀任红四军副军长兼三十团团长；滕代远为红四军副党代表兼三十团党代表，统一指挥第三十团、第三十二团，坚守井冈山。同"会剿"之敌周旋，配合红四军主力进击赣南。

彭德怀代表红五军接受了防守井冈山革命根据地的任务。对此，红五军里有些同志不够理解，认为，我们上井冈山学习红四军建军、建政、建党经验的目的已经达到，现在应北返参加巩固、扩大湘鄂赣边游击根据地的斗争。而井冈山给养困难，红五军人地两生，守卫任务艰巨，怕完不成任务。在此重要时刻，彭德怀从革命的全局出发，力排众议，在滕代远等的支持下说服了有不同意见的同志，统一了全军的认识，勇敢地挑起了保卫井冈山的重担，全力抗击比自己多十几倍、几十倍之敌。

红五军接受留守井冈山任务后，在彭德怀、滕代远的领导下，广大指战员积极进行抗击敌人"会剿"的各项准备工作。彭德怀亲临前沿阵地，和战士们一起修缮哨所，加固工事，筹备粮草，补充弹药。彭德怀每到一地总是反复强调，井冈山是毛泽东、朱德领导创建的革命根据地，一定要想尽各种办法保卫它。与此同时，彭德怀还组织部队开展军政训练。政治训练的内容，主要是学习坚持井冈山斗争、进行革命战争的基本理论。军事训练则着重于"敌进我退，敌驻我扰，敌疲我打，敌退我追"的游击战术。

留守井冈山的红五军部队为 2 个纵队，分第一、第八、第九、第十大队。我当时在第九大队第三中队当中队长。我记得这 4 个大队也就是五六百人，400 多支枪，每支枪只有几发子弹，仅有几挺水冷式重机枪。此外，还有红四军的袁文才、王佐的第三十二团和后方留守人员，但大多是伤病员和兵工厂人员，山上总共也就 1000 多人。而敌人却集中了十三四个团，把井冈山团团围住，企图将留守井冈山的红军一举歼灭。

井冈山地势险峻，方圆百里，只有四条大路、五条小路可以上下，易守难攻。但是，一旦有一处被攻破，其余几处就会受到极大的威胁，很难守住。又因敌众我寡，没有预备队，一处被破，其他处无法增援。在这种孤军作战的情况下，一些同志有顾虑。彭德怀召集了各级干部会议，分析了形势，动员全军同志一定要英勇奋战，不怕牺牲，并做了具体部署：原红五军第一纵队司令李灿、党代表刘宗义率第一大队扼守黄洋界哨口；第三纵队司令贺国中率第八、第九大队，于井冈山东麓防守桐木岭、白银湖、黎坪一线；第十大队守卫通往湖南的八面山哨口；第三十二团扼守井冈山南大门——砾砂冲哨口，并把住院治疗的轻伤病员组织起来，配合守卫工作。军指挥部设在茨坪。

干部会开完后，分别回各部队向战士做动员。这期间，党组织已经在部队公开了，各大队均成立了党支部。九大队的党支部书记是从红四军调来的朱义敏同志，他对支部工作颇有经验。党支部积极做战前的思想政治工作，首先要求共产党员冲锋在前，英勇作战，不怕牺牲。在党员的带动下，部队的士气有所提高，但毕竟敌我兵力悬殊，少数人思想上仍然顾虑重重。我针对我们中队少数人的思想做动员时，也讲不出更多的大道理，只是用简单朴素的话说："有什么可顾虑的？大不了就是豁出这 100 多斤！当兵可不能贪生怕死；怕死的不一定就不死，不怕死的不一定就会死！"

此时，红四军已经下山，原计划转移到敌后，寻找战机夹击敌军，配合留守部队，以击败敌人的第三次"会剿"。但因红四军从小行洲向遂川以南前进时，被江西敌军李文彬旅尾随。行至大余、南康时，李文彬旅突然向红四军发起袭击，红四军则经赣南安远、寻乌向闽西转移了，留守井冈山的部队就更显孤立。

1月26日，敌军张兴仁部、王捷俊部和吴尚部逼近井冈山五大哨口，采取四面围攻战术，向红军发起猛烈攻击，其主攻方向是黄洋界、八面山和白银湖。黄洋界的敌人攻得很猛，但因地势险要，敌人兵力太多以至展不开，再加上我军阵地前沿埋上了竹子削成的"竹钉子"等障碍物，我们又是居高临下，敌人一直攻不上来。29日晚，进攻黄洋界哨口之湘敌，变换花招，悬赏200元大洋，收买了当地一个富农陈开恩带路，从黄洋界侧面的山沟里绕到我军阵地的后面，趁天暗雾大，敌两面夹击，攻占了我黄洋界哨口。李灿、刘宗义率一大队100余名士兵，奋勇反击，力图夺回阵地，因力量单薄，未达目的。第十大队守卫的八面山，是就地砍树修的工事，敌人用机枪打了四天九夜，把工事里的木头都打碎了，再用大炮一轰，把工事摧毁了，只跑出来十几个人，大多数同志都被压在工事里面。

敌人进攻白银湖的战斗也异常激烈。我站在黎坪的山上，就听到白银湖那边机关枪"嗒嗒嗒嗒"地响个不停。敌人白天猛打，晚上偷袭。贺国中带领八大队坚守，那几天，雨雪交加，工事里漏水不停，泥有半尺来深，坐不能坐，睡不能睡。广大指战员衣着单薄，靠顽强的革命精神战胜严寒，保持旺盛的斗志，整整坚持了四天四夜。我们九大队守卫黎坪，敌人来了一个营，是试探性的。我们在山上插了许多小红旗，敌人也搞不清我方虚实。敌人攻打了一天，没怎么猛攻就撤走了。

彭德怀在茨坪首先接到的报告是黄洋界告急，他立即带领警卫排，火速向黄洋界跑去，还未到哨口就遇上了敌人，他立即指挥部队向哨口方向反击，想与李灿指挥的一大队两面策应，把敌人压下去。战斗刚刚开始，他又接到报告，说攻八面山的敌人打进来了，白银湖我军伤亡很大，即将失守，情况十分严重。彭德怀立即带警卫排赶回茨坪。他考虑到敌我力量悬殊，敌人已从两个口子打进来了，我孤军无援，如果不突围出去，死守到底，就有全军覆没的危险。根据 1 月 14 日湘赣边界特委关于若井冈山守不住，五军可突围到赣南与红四军联络的决定，彭德怀与党代表滕代远商议，决定马上收拢队伍，突围出去，待把敌人引下山，与其打持久战，找机会歼敌。

接到彭军长命令，我立即集合三中队，在九大队大队长黄云桥的带领下，匆忙奔赴军部指定的集结地点——茨坪。

部队在茨坪集结后，清点人数，连后方勤杂人员在内，也只有 500 人了，要带着红四军留下的几百名伤残人员突围出去，谈何容易！有些伤残人员流着泪说："你们快走吧，给我们留下几枚手榴弹，和敌人拼了！"

彭德怀斩钉截铁地说："有我老彭在，就决不会把你们落下！"

彭德怀带领部队一边打，一边向敌人力量薄弱的荆竹山方向突围。大路都被敌人封锁了，只好由群众带路，在石头崖上爬。天下着小雪，路又陡又滑，我们只有一点点干粮，大家互相谦让着吃了顿饭。没有水喝，就吃几口雪，饥寒交迫地一连在山上转悠了两天才到了荆竹山。

我们越过荆竹江，来到大汾圩，2月2日在那里打了下山后的第一仗。当时，部队的情绪比较低沉，彭德怀想打一个漂亮仗，提高一下士气。他集合队伍给同志们做了动员。他大声地说："前面大汾圩有敌人一个营，这是我们突围出去的最后一道难关，我们一定要下决心打过去，只要坚决勇敢，就一定能够冲过去！冲过了这道难关，本军长是有办法的。"他讲完后，部队士气大增，就开始行动。一打起来我们才知道这里的敌人不是1个营，而是2个营加1个反动民团，并已埋伏在我军前进路上的两侧山坡上。我们九大队是前卫，贺国中带我们这个中队担任尖兵。彭德怀、贺国中分别指挥部队从两边打，很快打开了一个缺口。我带领全中队同志迅速占领了一个山头，架上机枪，用火力压制敌人，掩护我军主力通过。但是，最后面一部分非战斗人员还是被敌人截住了，一些同志光荣牺牲，一些同志返回井冈山坚持斗争。

部队冲过大汾圩之后，大家的情绪好多了。在彭德怀的带领下，整天穿树林、钻山沟，与敌人转圈圈，抓住时机就打一下，打了就走，抵达南康附近的新城时，正值春节，彭德怀说："请大家过个好年。"我记得是大年三十（1929年2月9日）下午到达都城。当天晚上，鞭炮齐鸣，很是热闹。我们从地主那里搞来了肉和酒，吃了顿好饭。从井冈山突围以来，已有 20 多天，在敌不断追击、侧击下，饥疲交困已达极点，遇此机会，大家是笑逐颜开，饱食饱饮自不待说。我们大队长黄云桥喝了一点酒，很早就睡了。我和勤务兵两人盖一条毯子，刚睡下不久，勤务兵说外面枪响。我开始还以为是老百姓放鞭炮呢，跑出去一听，果然是敌人的枪响。我立即报告黄大队长，他不信，仍睡着，我又去报告大队朱党代表，他马上就起来了。我们立即集合队伍，天很黑，伸手不见五指，谁也看不清谁，我就把班长一个个依次排好，战士来了，就"对班入列"。这时黄大队长也来了，他派通信员和军部联系。可是因为起晚了，军部已经出发了，我们大队还是掉了队。我急得满头大汗，怎么办呢？向哪个方向走呢？我们摸索着朝新城左边走，觉得左边有山，问题不大。走着走着，见到右后方有队伍，我们就趴下，连问了三声，才有人答应，原来是贺国中来接应我们。这时，我们才发现右边有敌人的火光。如果这时没有贺国中来接应，就可能误走到敌人那边去了。从这天晚上起一直走到第二天下午，我们才停下来休息做饭。正要吃饭时，又见敌人出现在我们的左前方，我们只好一边走一边吃。这时，敌人追来了，我们中队在后头打掩护，彭德怀就走在我们中队前头。上山时，他的脚步放慢，显得很疲劳。后来才知道头天晚上他一夜没睡，为了让部队得到休息，防止敌人突然袭击，彭德怀就在外面走来走去，实际上起了警戒的作用。我见他实在太累了，就派一个副班长在后面推着彭德怀同志上山坡。为了阻止敌人前进，我命令各班向敌人开火，掩护部队上山。我们部队上了山，脱离了险境，同时也拖垮了敌人。

几天后，我们到了兴国县的九堡，该地有党的秘密支部，还有游击分队。群众见了我们很亲热，他们熟悉周围情况，替红军部队派出向导，侦察敌情，并为部队筹集了近1000发子弹。当我接到地方党委送来的子弹时，比任何时候都更加强烈地感到，子弟兵有了地方党和群众的支持，那真是如鱼得水啊！

当2月中旬部队转移到兴国县的莲塘和东山时，当地的地下党支部与赣南的红二团、红九团有联络，他们立即帮助我们与红二团、红九团取得了联系。虽然都是小部队，但使人们消除了孤军作战的感觉，士气也高涨起来了。

部队在莲塘和东山休息了几天，敌军刘士毅旅闻讯扑来，企图一举歼灭我们。地方党侦知敌情后，立即向彭军长报告：刘旅共有5个营，只留下1个营和民团守卫于都城，其余4个营全部出动向我军进攻。

彭军长获此情报后，考虑到部队只有300多人、200多条枪，敌强我弱，不宜硬拼。决定避其锋芒，率部绕过刘旅主力，奔袭兵力薄弱的于都城。部队从东山出发，急行军18小时，走了70公里，夜半抵于都城外，出敌不意爬墙进入城内，悄悄包围了敌人各个营房。指挥员一声令下，部队发起攻击。不到两个小时，消灭刘士毅旅1个营，连同靖卫团和县警备队，总共歼敌六七百人，缴获三四百支步枪和两挺轻机枪。

在于都城稍事打扫战场，向俘虏做了些宣传工作后，又准备转移了。由于红军的政策感人，竟有半数以上的俘虏要求参加红军。

于都城离刘士毅主力 70 公里，彭德怀估计敌人一定会回城增援，很可能在下午 5 点前赶到。于是决定下午 3 点前渡过于都河，进至小密宿营。

下午 2 点多，部队一切准备就绪，马上就要出发了，可就是找不到党代表滕代远。由于时间紧迫，彭德怀只好让部队分散寻找。最后，战士们终于在邮局找到了滕代远，只见他倒在一间小小的邮件仓库里，胸部淌着血，昏迷不醒。原来，滕代远为了了解时局，每到一地，总要想办法弄点报纸看看。今天出发前，他想到邮局再找点文件报纸带着，不慎驳壳枪走火，子弹从自己胸部穿过，流血不止。幸亏战士们及时赶到，用担架抬着他，才随同部队一起出发了。

地方党筹集了一些船，帮助部队迅速渡过了于都河，等渡完最后一船时，已是下午 3 点了。我军正在岸上集合，准备继续向小密方向前进时，隔河响起了枪声，刘士毅的先头部队果然赶到了。敌军只能隔河相望，远远放枪，没敢渡河追击。战士们笑着向彼岸挥手，调皮地喊道："国民党军们，不用送，不用送啦！"

坚持斗争在井冈山

何长工

井冈山人民群众和红五军的全体同志，于 1929 年 1 月 14 日依依不舍地送别了敬爱的毛委员、朱军长和红四军。

红四军走后，红五军和井冈山人民群众立即开始了紧张的备战工作。一切为了保卫井冈山，一切为了粉碎敌人"会剿"，成为每个人生活的中心问题。同志们早晨操练，上午挖工事，下午到山下背粮，晚上每个人都削上几个竹钉，不怕劳苦，不辞艰辛，整天整夜地工作。没过几天，粮食背足了，工事筑好了，在五大哨口的周围，钉成一道几十里路长的竹钉防线。

井冈山地形非常险峻，只有五条羊肠小道可以通向山外。五条小道上各有一处天险，这就是桐木岭、黄洋界、八面山、双马石、朱砂冲五大哨口。当时，我们的军事部署是：红五军第一纵队司令李灿同志率第一大队和徐彦刚同志领导的第三十二团一连守黄洋界；四纵队司令贺国中同志带领第八大队、第九大队守桐木岭；彭包才同志率第十大队守八面山；王佐率第三十二团一部守朱砂冲；红五军黄龙同志率第十二大队守双马石。

1929 年 1 月中旬，国民党军队齐集井冈山下，封锁了所有通往山上的道路。1 月 26 日战斗打响了。敌人分路向井冈山猛攻，湖南敌人以 2 个师的兵力猛攻黄洋界和八面山，我们每处的兵力最多不超过 2 个连，凭险抵抗。敌人仗着人多势大，用猛烈的炮火轰击一阵后，便组织冲锋。我们的战士则岿然不动，沉着应战，看着敌军士兵们在反动军官的逼迫下，拖着疲惫的双腿，气喘吁吁地冲上来，也不理他们。敌人冲到竹钉防线边沿，看到遍地竹钉像刀山一样，密密麻麻，锋利无比，就胆寒了，再也不敢前进，有的慢慢地往后退缩。敌军官见此情景，就像疯狗一样咆哮着："冲呀！冲呀！谁退缩就打死谁。"敌人在军官的威逼下，一步一步地走进了竹钉阵地。这时，我们的大队长一声命令："打！"短枪、机枪、步枪一齐开火，子弹像雨点一般射向敌人。敌人陷在竹钉阵内，跑不得，爬不得，稍一转动就被刺得鲜血淋漓，疼痛难忍，只有叫苦连天。疯狂的敌人一天组织好多次冲锋，每次冲锋都是留下一大堆死尸抱头鼠窜。敌人遭受惨重损失后，又集中炮火，进行报复性的轰击，而我们的阵地始终屹立在敌人面前。

战斗持续了四昼夜，敌人无法得逞，一筹莫展。那年的冬天，整天是大雾弥漫，50 多米以外就看不见人影。敌人在山下用威逼利诱的办法，迫使一个游民带路，趁大雾茫茫的天气从捉"石拐"（一种类似青蛙的小动物，能食用）的小路包抄黄洋界哨口的后路。

1月30日早晨，八面山哨口的工事被敌人轰塌了。我们正在组织兵力和敌人展开浴血战斗，忽然听说敌人从黄洋界的后面抄上来了。在这种情况下，再和敌人拼下去是对我们不利的。为了保存实力，红五军领导立即决定主力撤出井冈山，留一部分人打游击，与敌人周旋。

红五军各大队集结时，井冈山的人民也汇拢来了。他们把准备过年的鸡、鱼、肉、蛋等所有能吃的东西，都送给红军。他们说，这些东西同志们能带走的就带走吧，我们的东西，一点也不能留给敌人。井冈山的人民在保卫井冈山的斗争中，表现出了英勇顽强的精神，不论男女老少，都全力投入支援红军的战斗，和红军并肩杀敌，修工事、运军火、送饭菜、抢救和看护伤员，红军在哪里就支援到哪里，在这紧急的关头，还是那么沉着坚强。他们说，同志们放心走吧，我们一定坚持斗争，等你们回来。他们还向我们表示，请告诉毛委员，井冈山的人民永远跟着共产党、毛委员与敌人战斗到底！红军听了这些话，无不感动得热泪盈眶，真舍不得离开这块红色根据地，舍不得离开毛委员亲自教育的可爱的人民。但是，为了党，为了革命，为了将来的胜利，我们不得不挥泪而别。

四面道路都被敌人封锁住了，红军在人民群众的掩护和指导下，爬悬崖，走绝壁，过深谷，越鸿沟，辗转到了遂川的大汾圩，在这里一鼓作气冲垮了敌人两个团的兵力，突出了重围。

坚守在下庄、小行洲一带朱砂冲哨口的红四军三十二团的一部，在王佐带领下，由茨坪、草坪撤入金狮面的森林里，坚持游击战斗。

当时，在茨坪附近的老仙崖，关押着 100 多个从各地捉来的土豪劣绅。这些反动家伙听见反动派进山就幸灾乐祸起来，以为有了救星。我们看守这里的 2 个班，二十几个红军战士，坚决镇压了一批罪大恶极的反革命，押着其余 60 多个土豪向大森林转移，在路上碰到了闯过来的一股土匪，便以 1 个班阻击敌人，经过英勇奋战，打退了敌人，安全转入了金狮面，和王佐部队会合。

井冈山的人民群众在当地党政机关的领导下，全部进入深山，把粮食和一切能带能吃的东西都带走了，带不走的也都埋藏了。

奋战在黄洋界哨口的 200 名红军战士，处境是非常艰险的，前面要受一个旅的敌人攻击，后面又有大量偷袭进来的敌人截住退路，左右两边是绝崖陡壁，下面是万丈深谷。在这千钧一发的严重情况下，到底怎么办？是和阵地共存亡，还是另找出路？大家商量了一下，觉得革命斗争是长期的，很多敌人要我们去消灭，井冈山以后会夺回来，不能在这里把自己全部拼光。于是，在李灿和徐彦刚同志领导下，一面抗击前后夹击的敌人，一面解下每个人的绑腿，结成长绳，顺着长绳一个个从悬崖撤出阵地，钻进深山，宿在岩洞，经历了很多艰难困苦，才和在外围打击敌人的红四军三十二团的队伍会合了。

敌人调动湘赣两省大军围攻井冈山，满以为可以消灭红军，哪知消耗了好几个团的兵力后，所得到的只是一座空山。敌人计划失败了，于是便进行报复性的残酷屠杀。敌人像疯狗一样叫嚷：石头过刀，茅草过火，人要换种。他们见人就杀，小井红军医院来不及撤走的手无寸铁的 100 多名红军重伤病员被集体屠杀了。老百姓的房子也被烧光了。敌人的残酷罪行，更加激起了人们的仇恨，复仇的火焰在每个人的心里燃烧。

撤到深山的几支红军会合后，李灿、徐彦刚和我等几名同志负责领导进行游击斗争。我们以班为单位，出没于森林峡谷，不断地打击敌人。山上的游击队、赤卫队、暴动队也配合行动。我们地形熟、动作快，整天在敌人的鼻子底下转来转去，一有机会，用闪电战的方法，突然袭击一下，给敌人以杀伤后，再马上转移到别的地方。我们看得见敌人每一个行动，敌人却摸不清我们的底细。我们当时的方针就是：避开敌人的主力，打击和消灭零散敌人，在战略上以少胜多，在战术上以多胜少。对三个一群、五个一股的敌人，我们就集中几个班的力量，选择有利条件，诱敌深入，像捉迷藏一样，弄得敌人晕头转向，最后把他们吃掉。这样，小股敌人不敢随便流窜，而大队敌人耳目不灵，消息不通，又找不到我们，有力无处使。

对于驻扎的敌人，我们的办法是不让敌人有片刻的安静，敌人扎到哪里，我们就扰到哪里。有时在敌人面前故意暴露目标或袭击一下，愚蠢的敌人便穷追猛打，等敌人追远了，我们再悄悄绕到敌人后面，在敌人的老窝里，杀他个落花流水。有时我们在山上选择一条死路，燃起一堆大火，敌人看到烈火腾腾，青烟滚滚，以为找到了红军游击队，就偷偷地摸过去，想把我们一举消灭，等到敌人上了当时，四面枪声一响，打得敌人屁滚尿流。一到夜晚，更是我们的天下，红军游击队、赤卫队、暴动队活跃在敌人驻地的周围，摸岗哨、捉散兵，吓得敌人都躲在房子里，不敢外出一步，一出来就有被打死的危险。碰到有机会有把握时，我们还摸进村庄，打他一个措手不及，消灭一股敌人。在大队敌人驻扎的地方，我们常在山前山后打上几枪，引得敌人乒乒乓乓乱放枪，使他人心惶惶，彻夜不安。我们的行踪敌人捉摸不透，说来就来，说走就走，时而出现，转瞬即逝，敌人防不胜防，终日风声鹤唳，草木皆兵。

敌人恼羞成怒，便组织了十多个团的兵力大举搜山。岂知井冈山林海茫茫，无边无际，一两万军队就像大海里捞针。嚷了半天，累了半天，叫得声嘶力竭，拖得筋疲力尽，只不过踩死几棵小草，惊起几只山鸡、野兔而已。对付敌人搜山，我们的办法是"打得赢就打，打不赢就跑，跑不赢就绕，绕不赢就化（化装）"。山林里是我们的天下，每一条小路，每一条山沟，我们都了如指掌，在绿色的海洋里，我们就像龙游大海，鱼入深渊，悠然自得，行动自如，忽东忽西，忽南忽北，或浮或沉，时隐时现。

敌人想了各种办法都奈何我们不得，便对山上进行宣传，想从政治上瓦解和动摇我们的斗争。敌人知道我们在他们的眼皮底下活动，就爬到山头上叫嚷："父老兄弟们，回来安居乐业啊！不要跟土匪走。"大家听了毫不理睬那些狗东西的狂吠。有些血气方刚的青年，跑到另外的山头上和敌人对骂："你们才是土匪！烧了我们的房子，杀了我们的人，杀人放火不是土匪是什么？"等敌人追来，大家都跑了。敌人对王佐也进行了很多分裂活动，叫王佐投降国民党，给官做，给财发。王佐和他的队伍经过改造和锻炼，当时表现得很坚决，很能打，他们回答敌人说："你们的命活不长，我们要消灭你们这些反动家伙，天下都是我们的。谁做你们的臭官！谁要你们的臭钱！"为了配合宣传，国民党还用飞机散发了很多传单。传单上写着："看你哪里走，看你哪里逃。"同志们讲："国民党放屁。老子有的是地方，你们有本事到山里来。"敌人宣传有官做、有钱用，我们就说："优待俘虏，缴枪不杀。"针锋相对。我们讲的是真理，敌人搞的是诱骗，一对比，敌人的阴谋就破产了。

在那个岁月里，斗争是非常艰苦和残酷的。敌人占村庄，我们占山林，我们不仅要和敌人做斗争，还要和饥饿寒冷做斗争。这年的冬天，气候特别冷，整天浓雾弥漫，大雪纷飞，下了好多天雪，山上的柴草树木都裹上了厚厚的一层冰凌，整个大地都被冰雪封住了，井冈山变成了一个琉璃世界。在这冰天雪地里，飞鸟都找不到一点食物，野草都冻死了。我们的战士都是单衣薄裳，身上没有棉衣，宿营没有房子，饿了没有粮食。敌人不断搜山，一天得打好几仗，转移好几个地方，又累又饿又冷。在这困难的情况下，要熬过这漫长的冬天并战胜敌人的"会剿"，对一般人来讲，简直是无法想象的事情。但是，共产党教育出来的革命战士，是特殊材料制成的。天大的困难有党的领导，有坚强的革命意志，都能克服和战胜。岁寒见松柏，疾风知劲草。在这艰苦的岁月里，更显示出了党和人民的伟大力量。在党的领导和人民群众的支持下，我们红军战士同摆在面前的一切困难都进行了顽强的斗争。井冈山的柴草树木很多，利用这一有利条件，我们在很多山沟都扎起了茅棚。有时这一个茅棚被敌人烧坏了，到别的地方又扎起来。我们还找到一些石壁山洞，驱走毒蛇猛兽，穴居其中，这比草棚就好得多了。没有吃的就吃冰凌，剥树皮，扒开厚雪挖草根。有时碰到被撵出来的野猪、野山羊，更成了我们最好的粮食，但它们并不是随便就能弄得到的。弄得不好，我们三五天或一个星期吃不饱肚子，但还是照样坚持斗争。

在这样困难的情况下，大多数同志是坚定的，也有少部分同志从国民党军那里刚过来不久，改造和锻炼得还不够，便产生了一些悲观失望的情绪，提出死在山上不如死在平地的说法。针对这种思想，党组织及时进行了教育和说服，指出我们有困难，敌人也有困难。我们有党的领导，有广大群众的支持，有全体红军，还有赤卫队、暴动队、游击队的同心协力；有红四军和红五军主力在敌后创建新的根据地，全国革命在继续高涨，这些都是有利条件，我们的困难是暂时的，只要坚持就能胜利。而敌人的困难是没有办法克服的，统治阶级内部矛盾不断加深，"会剿"只是暂时的，不久就会破产。敌军十多个团深入山区，交通不便，给养困难，天气严寒，士兵是被迫来的，不愿意卖命，不愿意在这里挨饿受冻，军官都想升官发财，更不能吃苦。没有人民，独守空山，房子烧光了，他们自己也只好在雪地里过夜。在我游击队的不断打击下，敌人已被拖得筋疲力尽，处于四面楚歌、惶惶不安的局面。敌人军心涣散，厌军厌战已达到顶点。所有这些矛盾都无法克服。根据这些情况，我们提出战胜困难，坚持到底，巩固了大家的斗争意志。

在那斗争的年月里，党同人民群众进一步加强了血肉相关的联系。根据地的人民不怕任何艰险，克服一切困难，尽力支援红军。有一个老婆婆随着儿媳妇躲在深山中的破庙里，一天，她看见一个被敌人打成重伤的红军战士倒在雪地里，还有一丝气息，便背回庙，挖草药，敷伤口，像对自己亲生儿子一样细心照顾，情愿一家人吃树皮草根，用仅有的一点米熬米汤给伤员喝。在老人的照顾下，伤员不久就痊愈了。当这位红军战士辞别老人去找部队的时候，老人家将最后的一点干粮和一块银洋都送给了这位战士。战士哪里肯接受，老人含着泪说："只要你找到了红军，那我比什么都高兴，这点东西如果你不带走，我会感到难受的。"这位战士感动万分地向老人表示："我绝不会忘记你的恩情，为打倒反动派解放受苦人，我回部队后一定坚决战斗到底，直到流尽最后一滴血。"还有一对夫妇，知道了红军的地址，便把家里的粮食都送给了红军。不幸他们被敌人捉住了，但他们情愿经受敌人的严刑，牺牲三个亲儿子和自己的生命，也没有说出红军的住处。

红军对人民群众也是无微不至地关怀，找到一个好一点的岩洞或"山棚"自己不住，留给群众；从敌人那里缴获到一点吃的东西，自己不吃，也留给群众。为了群众的利益，为了人民的解放，我们红军勇抛头颅，敢洒热血，不惜任何牺牲。人民觉得红军是靠山，红军觉得人民是亲人，军民相依为命，骨肉相连，结成了一个战斗的整体，成了革命力量的伟大源泉。

在边界特委的统一领导下，井冈山附近县的农民广泛地组织了游击队，到处打击敌人，扰乱敌人后方。游击队打击的主要目标是敌人的运输队。当时井冈山道路狭窄，崎岖险峻，因为是山路，马不便行，车不能通，要运送物资，只有靠人肩挑背扛。敌人兵员很多，又得不到老百姓的支援，没有给养，什么都得从山下运来。由于东西多，靠人力挑，队伍拖得很长，目标很大，我们选择了敌人这一弱点，专打运输队。听说运输队来了，选好有利地形，来一个突然袭击，押运的敌人听见枪声，摸不清底细，吓得四散奔逃。挑夫都是抓来的农民，一见游击队来了，便顺水推舟，丢下担子，往山里钻，跑得无影无踪。有些被敌人当挑夫抓来的赤卫队员，这时便抄起扁担和敌人搏斗。

敌人被我们和井冈山的广大人民群众用游击战争的方法困在井冈山上，孤立无援，又冷又饿，到处受到打击，更加惶惶不安，军心动摇，士气低落，巴望及早脱离井冈山，逃脱险境。

1929 年三四月间，蒋、桂军阀终于爆发战争，反动派慌忙调动各路军队投入军阀混战，敌在我广大军民追截打击下，一触即溃，纷纷逃窜。国民党正规军从井冈山撤走时，留下的一部分挨户团更不值一打。记得留在茨坪的挨户团200 多人，在一个早晨，没有半个小时，就全部被我们消灭，没有一个漏网。

这一次打得非常漂亮，缴枪 100 余支，缴获大量军用物资、医药和子弹。到红五军主力回到井冈山时，胜利的红旗已在井冈山到处飘扬了。井冈山的人民群众经过这一次磨炼，更加英勇顽强，纷纷加入红军。我们的队伍发展到1000 多人，以原红四军第三十二团为基础，编成了红五军第五纵队，纵队长是李灿同志，党代表由我担任。

9月以后，第五纵队开辟鄂东南根据地，发展为红八军；红五军则发展成红三军团；井冈山各县的地方武装也得到很大发展，成立了独立营和独立团。

向赣南、闽西进军

张际春

红四军从井冈山向赣南、闽西进军的行动，是在 1929 年 1 月中旬开始的。

进军部队在井冈山茨坪和东南麓的小行洲等地集结之后，经大汾、左安等地出动。部队经营前、杰坝、铅厂一线，迅速进占了大庾城，在大庾城附近展开了群众工作。

在大庾城待了大约不到一周的时间，江西敌军李文彬第二十一旅从遂川方向向大庾城进犯了。我军依据大庾城东北高地攻击敌人，展开激烈战斗，给了敌人以迎头痛击。战斗到傍晚，我军主动撤出战斗，向城东南上下杨梅和梅岭关东北地区移动。在这次战斗中我二十八团党代表何挺颖同志负重伤，独立营营长张威同志、二十八团特务连连长郑特同志等英勇牺牲。

第二天我军进到乌径、大塘铺一带。在前进中我第三十一团一部与侧翼来敌发生了战斗，第三营营长周舫同志牺牲。

部队在大塘铺集结休息，抬着何挺颖同志的担架亦随队到达了。这时已经天黑，我和二十八团党委的几个同志走进一间屋子，在烛光下看了何挺颖同志。他负伤后一直是躺在担架上的。我们看了他的伤口，扶他坐起来，给他喝了开水，还略略谈了几句话，他当时精神尚好，很清醒。不久，军部副官处通知伙食担子和担架集合，先行出发，但是第二天天亮以后，跑回来的炊事员同志传出了不幸的消息，他们昨晚走错了路，遭到敌人的袭击，何挺颖同志就这样牺牲了。何挺颖同志原是第三十一团党代表，陕南人，上海大学学生，是个优秀的党员。他是在部队行动之前从宁冈县城调来第二十八团的。他来第二十八团以后，积极整顿党的组织工作和群众的宣传工作。大庾战斗快要发起的时候，他一面擦着手枪，一面对团党委的同志说："马上要打仗了，对今天的敌人要切实地揍他一下！团党委的同志可随军部行动。"讲毕他就立刻出发了。何挺颖同志那种勇敢、刚毅、生气勃勃的形象，至今还深深地留在我的记忆中。

大塘铺附近党的地下支部同志当晚探报：敌人已离我军不远，正准备明日拂晓向我军进攻。我军遂于拂晓前继续东进，但是走不多远就天亮了，尾随之敌仍然与我后卫部队接触。由于我军是在一道狭长的山谷中前进，利用了有利地形，节节掩护前进，迅速地击退了敌人。

此后我军进入了"三南"（龙南、全南、定南）地区，几乎每日行程都是四五十公里以上。当部队进到鹤子墟地区时，由于反动派的造谣宣传和红军在那里的影响比较小，群众大部分都逃避到山上去了，但是我军即使在这样紧急行军的情况下，仍然坚持了"三大纪律、八项注意"，还是取得了群众的同情。

部队离开罗福嶂以后向福建武平和江西会昌边境山地前进。这时天气忽然转冷，雨雪交加，有些路旁的枯草上，挂着一根一根的半透明的圆形冰柱，风吹着一摇一摆，有的被行人撞落在溪水中流动着。在行动中，有的同志冻破了脚，行动不免有些困难，但都支撑过去了。

走出了山地，进到武平县东留后，又折向江西会昌、瑞金境内行动，经武阳园到达瑞金城北约 10 公里的黄柏圩、隘前一带宿营。当天正是农历十二月三十日除夕。

因为我军在吉潭、项山避开了战斗，敌军刘士毅部以为我们怕了他，便得意扬扬地在我们的后面紧跟上来，我军决定再给他一个教训，就在大柏地蹲下来了。我军利用大柏地以南有利地形，等待着敌人。就在大年初一那天上午，战斗打响了，我军一面从正西迎击敌人，一面派出部队绕到敌人侧背，包围敌人，激战竟日，把敌人打垮了。这次战斗，我军打死打伤敌人不少，俘虏了敌团长肖致平、钟桓以下 800 余人，缴获不少武器。大柏地战斗是这次进军中最大的胜利。在这次战斗中，我军第二十八团第二营党代表胡世俭同志、第三营第十二连党代表彭睽同志等光荣牺牲。

大柏地战斗以后，我军乘胜进占宁都县城，当地驻军地主武装赖士琮部不战而逃。我军在宁都县城仅驻了一晚，第二天经黄陂向吉安县属之东固前进，在这里红四军与江西红军第二独立团、第四独立团会师了。

　　在东固休息了好几天，红四军和江西红军独立第二团、第四团举行联欢会，毛泽东同志还在会师后的干部会上，对党的第六次全国代表大会方针和目前形势、任务又做了详细报告，给了全军很大的鼓舞。当我军在东固地区与江西红军独立第二团、第四团会师之际，江西敌军李文彬第二十一旅本来已经于我军离开宁都城的当天就进入了宁都县城。这个敌人一向是很骄傲的，但是因为他们的同伴刘士毅部被我击败，而我军又与江西红军独立第二团、第四团会师，增加了他戒慎恐惧的心理，所以放缓了他的行动，好几天才逼近东固。我军曾经商议会合第二团、第四团在东固附近打击这个敌人，但是考虑到我军休息不够，弹药不足，而第二团、第四团又还缺乏同敌人主力作战的经验，无全胜把握，乃暂时放过了他。

　　几天以后，红四军经荇田、东韶、广昌县城向南折回瑞金县北之壬田市，而后东向福建边境前进。我军进入福建地区以后，在长汀县附近迅速地消灭了盘踞闽西的省防军第二混成旅郭凤鸣部，郭凤鸣本人在战斗中被击毙，缴获不少武器，我军进占长汀县城。部队在长汀城附近展开了群众工作，没收了地主粮食物资，分发给当地贫苦群众，还向长汀城大中商人筹集了一部分军费。在长汀城缝制了灰色夏服，红四军第一次统一发给了全体官兵每人一套新军装、一顶缀有红色五星的新军帽、一双新绑腿。3个纵队亦在这里正式改编成立了。

值得特别提起的一点是，党在长汀城除了再一次开会传达讨论党的第六次全国代表大会方针外，还利用长汀印刷条件，翻印了数千份党的第六次全国代表大会的文件（政治决议、苏维埃政权组织决议、土地问题决议），并分发给全军每一个党的支部委员和小组长保存一份，以便随时抽出，转发给地方党组织。记得当时毛泽东同志对这件事情曾经做过这样的指示，他说由于严重的斗争环境，地方的党组织往往中断了同中央或省委的交通联络，中央的决议、指示很不容易到达他们手上，我们武装部队中的党组织就担负了替中央散发决议指示的责任，我们走到哪里，就应该把党中央的决议、指示带到哪里。他同时还讲到红军战斗队和工作队两方面的作用。

部队在长汀城附近工作和休息了20天左右，立即转回江西行动，利用当时蒋桂战争爆发的有利形势，在赣南广大地区展开了发动群众的工作。

红四军自井冈山进军，到长汀战斗为止，转战赣粤闽省边境，走路几千里，大小仗打了数十次。以大柏地战斗和长岭寨战斗为标志，它的胜利为而后在赣南、闽西广大地区创立革命根据地的伟大胜利奠定了基础。

大柏地战斗

刘 型

1929年1月14日，我们红四军3600余人，离开了井冈山，经大汾、左安、崇义、铅厂，17日到达大庾。目的是转移到敌后去，粉碎敌人对井冈山根据地的第三次"会剿"。井冈山由红五军及王佐部队共1500多人的兵力坚持斗争，保卫根据地。我当时是红四军三十一团二营六连的党代表。18日下午3点左右，赣敌李文彬第二十一旅向大庾攻击，是从南康方向来的。这时，我们第三十一团担负警戒南雄之敌的任务，部队派到梅岭以南去了。部队急忙集中起来，抵抗赣敌李文彬旅的进攻。第二营营长李天柱负伤，军部独立营营长张威牺牲。第三十一团激战至黄昏，才按预定计划，向东转移，到达南井坑一线露营。次日遇广东之敌阻击，激战半日，乃折向乌迳。这时，红四军军部、第二十八团都已到乌迳露营。据地方党组织报告，广东敌军来袭。我军继续向东走，走到界首（广东、江西交界的一个坪场）

天已亮，饭后继续前进。到信丰沙口渡桃江时，广东敌人跟来，我军抢渡桃江后向三南（龙南、全南、定南）地区前进。过桃江后的次日清晨，又遭粤敌袭击，第二十八团党代表何挺颖牺牲。后来离广东远了，粤敌就不追了。经过几天的急行军，2月初，到寻乌吉潭附近圳下宿营。次日清晨，江西敌军第十五旅刘士毅部派小部队来偷袭，大部续来。由于过早撤收警戒，前委机关和军部遭敌冲散，情况十分危险。毛泽覃同志负伤，伍若兰同志被俘解往长沙英勇就义。第三十一团已出发，路途中闻到枪声，由前卫转为后卫，当天到罗福嶂宿营。次日休息了一天，前委召集会议，讨论了红四军行动方向，决定向东固前进。同时，为应付可能再遭敌袭击，部队分三路纵队前进，由军党代表毛泽东同志率一路，军长朱德同志率一路，政治部主任陈毅同志率一路。

2月9日，我们经武平到瑞金。第三十一团为前卫，派了1个营到瑞金城内收集报纸。因为红四军自从1月中旬离开井冈山后，连续行军作战，无法得知外面消息，迫切需要了解当时江西和全国形势，所以派了1个营到瑞金去收集报纸。由于第二十八团阻敌不力，追兵在后，连筹款工作也未做，部队即向黄柏撤走。

当天下午，朱军长在大柏地集结部队，阻击敌军先头部队，俘虏敌军数名，经审问得知尾追我军的是刘士毅部2个团。自从在吉潭、圳下袭击我军后，敌人认为我军软弱可欺，紧紧追逼我军到大柏地。前委开会研究了当前情况：我军再向北前进，有琴江、梅江所阻，后面敌军刘士毅部紧紧跟追，对我军渡江不利；而刘士毅部是被我军多次打败过的弱军，现在又是孤军尾追，只要我军在大柏地利用有利地形给敌一个伏击，是有把握取得胜利的。因此，前委决定在大柏地通黄柏圩的山隘进行伏击，拦腰截击敌人先头团（因敌本队与前卫有一段距离），以一部兵力利用山地在正面进行迎击，一部兵力阻截敌人的退路和阻击援敌，给敌一个歼灭性的打击。

2月10日清晨，敌军先头部队1个团向我阵地前进，进入我军伏击地段。我军以迅猛动作向敌发起攻击，激战半日，将敌1个团全部歼灭。残敌向赣州方向败退。这次战斗，俘虏敌团长以下800余人。我记得下午即做战后工作，敌军团长肖致平化装成士兵混在俘虏中，我们没有认出，在释放俘虏时，把他放掉了。当时，我军枪支有余，敌人枪支不好，就地处理掉了。捉来的俘虏没有时间清查和训练，都释放了。

次日，我们到长胜圩宿营。2月13日到宁都县城，住了一宿，主要是筹款。第二天下午继续向目的地东固前进，与江西红军独立第二团、第四团会师。

在大柏地战斗时，部队已没有给养了，吃了群众家中的粮、油、盐、菜。同年3月部队打下长汀后，筹得5万元军饷，5月初回师瑞金，便派朱裕和同志携款去赔偿，共花了2000多银圆。群众自报公议，应赔多少，即赔多少。这件事在白区报纸也有反映，成为佳话。

三战闽西

毕占云

红四军在瑞金北 25 公里的大柏地打垮了敌刘士毅第十五旅并占领宁都县城，又在东固、广昌等地转了一圈，折回瑞金附近，然后，由壬田出发，以日行百里的急行速度，沿闽、赣交界的木杉岭，经过牛犊坪，于 2 月下旬的一天黄昏进入闽西。

闽西的夜，特别的黑，根本看不清哪是山石哪是道路。当时虽有老乡给带路，可是，对长期转战赣南十分疲惫的我们，摸黑走这样的山路，实在够艰难的。不少同志的脚被碰坏了，腿被摔伤了……然而，在党和毛泽东同志亲自教导下的战士，越是在艰苦的时刻，团结得越紧。前面的人跌倒了，后边的人把他扶起来；有的人走不动了，别人立即把他的枪挂在自己肩上，搀着他走；互相鼓励的声音，到处都可听见。就这样一直摸到下半夜，才进入闽西的第一个宿营地——四都。

四都是个重山环绕、两条大路交叉的小山镇，在这里本想一面找当地党组织联系，一面休整部队。不料，第二天9点，驻长汀的敌郭凤鸣的福建省防军第二混成旅就以1个多团的兵力，沿大路向我进犯。

郭凤鸣这个大土匪出身的"地头蛇"，是闽西封建割据的三大头目之一。他倚仗着1个旅的兵力盘踞在汀瑞一带，奸淫、烧杀、抢掠，再加上苛捐杂税、高利贷，蹂躏得当地民不聊生，到处是一片凄荒景象。

消灭反动武装，发动群众，开辟闽西革命根据地，原本是我军这次进军的主要目的。然而，红军初入闽西，各方面情况都不熟悉，我军武器低劣，弹药奇缺，再加上行军苦战月余，没有得到休整，在这样的情况下，吃掉这样"以逸待劳"的敌人，确是有困难的。可是，如今敌人紧逼上门。转移！对于刚进入白色地区、群众还不甚了解的我军来说，大有陷于被动挨打的可能。毛党代表和朱军长缜密地分析了这一情况后，立即召集第二十八团、第三十一团的领导干部，进行了紧急碰头，决定：利用我军"健攻"的特点，强迫敌人过早展开，争取主动，战胜敌人。

10点，我军全部出动。林彪率第二十八团居右，伍中豪率第三十一团居左，我们特务营紧随军部居中，齐头挺进，迎向敌人。

在四都北五六公里的山头上，敌人在突然到来的我军的逼迫下，仓皇展开。我军主力乘敌军立足未稳，扑上山头。

敌人支持不住，向长汀方向撤逃。这时，朱军长口头命令："毕营长，追！不要让敌人中途集结！"

我们特务营马上盯住敌人猛打穷追，敌人仓皇窜入长汀。我们一气追到胜华山脚下的陂溪，方才奉命停下。随后，军部和主力也到达该地。当地党的地下县委也派人前来军部接头。军部随即命令部队原地吃饭、休息待命。

入闽以来首次接敌的胜利和县委的来人，使战士们兴奋得怎么也安静不下来。

"我以为郭凤鸣多么难碰咧，原来是个大草包！"

"早晓得是草包，我何苦浪费那颗子弹咧！真是划不来！"

是啊！那时每个战士只有两三发子弹，还是在江西大柏地战斗后补充起来的。红军战士们要用这三发子弹打出一个新的革命根据地来呀！这一次战斗就花去了三分之一的弹药，怎能不心疼呢！

下午 3 点多，在一条小溪边的草坪上，毛党代表和朱军长召开了军委扩大会。我们斜卧在青草地上，晒着初春的太阳，感到浑身轻松。经过长久劳累，眼圈都发青了的毛党代表和朱军长，在聚精会神地倾听县委的同志汇报。县委的同志先谈了郭凤鸣部内部的情况：官兵关系恶劣，生活腐化，士气消沉，又讲到郭（凤鸣）、陈（国辉）、卢（新铭）三个敌酋互相间各不相顾以及对人民的残酷压榨等情况，还讲了我党在郭部的秘密活动等。讲完，毛党代表慢言慢语地说："进攻长岭寨，彻底消灭郭凤鸣，大家意见怎么样？"

"像这样熟透了的桃子，不吃掉它，那才是傻瓜呢！"记不得是谁说了这样一句风趣的话，说得大家笑了起来。

长岭寨，在长汀县城南二三里的地方，山高林密，毛竹杂草丛生，地势险要。它是长汀县城南面重要屏障，是我军进攻长汀城的必经之路。上午一仗郭敌被我军打掉半个团之后，就亲自率部拉出长汀城，占据此山，企图凭险阻止红军进占长汀。

3月14日晨8点，红军主力部队按计划分左右两路，向长岭寨发起总攻。我们特务营奉命从左翼迂回敌后，以切断敌人去路。战士们个个精神抖擞，恨不能一步插到敌人后面，顾不得林密山陡，荆棘横生。手脚刺破了，衣服扯碎了，全都不去理会，只是一股劲地前进！

当我们到达长岭山左面时，主攻方向的激烈枪声已转向策田方向，并且响得越发剧烈起来。"糟糕！敌人跑了！"我急速令全营：向枪声最剧烈的地方增援。

下山比上山容易得多，同志们像坐滑梯似的哗哗地滑下了高山，向指定方向跑去。

我们刚到达牛斗头附近，枪声已变得稀疏零落，战斗结束了。这时朱军长由对面大步走来，没等我报告，就笑眯眯地说："郭凤鸣给打死了！"

"怎么？这样快呀！"我感到有些突然。

"真的！随后就抬下来。老乡们还要求在城内示众他三天呢!""走吧，进城去!"

原来，在我们迂回敌人的途中，主力就攻上了敌人阵地，一阵冲杀，就把敌人冲垮。敌军官虽举着枪喊叫:"打!谁后退就枪毙!"然而敌兵却早被我军冲杀得胆破魂飞，扔掉武器，四处窜逃。这时，只有一股顽敌还在边打边退，无疑这是敌人旅部。我主力立刻分兵猛击，顿时将他们打垮。正在抓捕俘虏之际，一个身着书记官服、受了重伤的胖家伙，在马弁的搀扶下，仍在夺路奔逃。一位战士看见，骂了句:"狗养的，还想逃!"一枪将他撂倒。马弁在尸体上就放声大哭:"旅长，舅舅，我的舅舅呀!……"

这时，我们这位战士才明白:这颗子弹打死的，正是闽西人民的死敌郭凤鸣。

前后不过三个小时的战斗，郭凤鸣一个整旅三四千人，被我军击毙的击毙，生俘的生俘，缴获了各种枪械千余支，还有大批其他物资。

下午，我们押着 1000 多名俘虏，抬着郭的尸体，迈着矫健的步伐，开进了长汀城。城内的群众低声耳语，奔走相告，顿时轰动了全城:

"红军来了!郭凤鸣给打死了!"

"前天还在江西，今天就到了这里，一定都是天兵神将呀!"

当人们亲眼看到，这些衣装褴褛得卸下武器就像"叫花子"似的红军，仍旧自觉遵守着买卖公平、借物归还、损坏东西必赔的严明纪律时，惊讶神奇的观念消除了，和我们更加亲近起来。尤其是穷苦群众，对红军亲热得简直就是一家人，都说："红军才真正是咱穷人的队伍呀！"就连那些上层分子，这时也不得不赞叹着："像这样秋毫无犯的军队，可真是少有！"

第二天，我军把郭匪的全部物资和几家豪绅的财产，除留下小部分做部队供给外，其余全部分给了穷苦人民。宣传组的同志最忙，到处贴标语、组织小型讲演会，宣传我党我军的主张。毛党代表和朱军长也亲自在南校场数千人的群众大会上，做了两次讲演，号召受压迫受剥削的穷苦人民组织起来，同地主、豪绅、封建统治进行无情的斗争。

红军在长汀打土豪分资财、发动群众，秘密建立革命组织。一个月后，胜利回师赣南。

这次入闽，震动了整个闽西。反动军队望风披靡，陈国辉旅、卢新铭旅，龟缩固守。从此，闽西的封建统治被红军打开了缺口，扩大了我军的政治影响，提高了群众的革命斗争热情，为开辟闽西革命根据地奠定了基础。

红四军从闽西凯旋赣南之后，即在于都、兴国、宁都地区，领导群众打土豪分财产，发展党的秘密组织，赣南根据地日趋发展与扩大。到1929年5月，正当福建盛夏的时候，毛党代表和朱军长率领红四军，再度从江西瑞金的壬田插进闽西，开始了第二度入闽。

二度入闽与第一次大为不同。自从红军消灭了郭凤鸣之后，闽西人民都称红军是自己的"命根子"，是"天兵神将""救命菩萨"。因此，在红军进军到古城、灌田、水口和徐坊等地时，群众纷纷烧茶水、送干粮（红薯）；青年人争先参加红军；老太太们烧香祈祷，保佑红军打胜仗。当时，虽然天气炎热，行军极度疲劳，但在毛党代表"开辟闽西"的号召和群众的热情鼓舞下，个个情绪高涨，斗志昂扬。

做好宣传工作，领导群众打土豪分田地，发展地方武装，是我们入闽红军的主要任务之一。

红军每到一处，毛党代表亲自组织和领导宣传工作。红军各连党的支委会和士兵委员会都设有宣传组。正如红军战士们所唱的：

宣传组，不简单，

放下背包去宣传，

到大街，去小巷，

红绿标语写满墙。

……

5月21日，我们进到龙岩西北约15公里的小池，准备攻打盘踞在龙岩城的福建著名土匪出身的"地头蛇"陈国辉。第二天军部就与闽西特委邓子恢同志取得了联系。毛党代表和朱军长亲自听了邓子恢同志派来的人介绍陈国辉福建省防军第二混成旅的情况。

根据所掌握到的情况，毛党代表和朱军长做出如下判断：陈敌部队与郭敌部队不同，武器弹药充足，多系北方人，均在当地安家落户，以匪为业，多是兵痞子，虽也只1个旅的兵力，但战斗力比郭凤鸣旅强。我军兵力虽和敌人不相上下，但敌人内部政治腐败，贪生怕死；而我军是为人民而战的部队，战斗勇敢坚决，尤其在消灭了郭凤鸣之后，士气旺盛，威震闽西，敌人对我十分畏惧。在分析了上述情况后，毛党代表和朱军长当即决定：第一纵队、第三纵队正面攻击龙岩，第二纵队从左翼迂回，切断敌人退路，消灭敌人于龙岩。

第二天上午，在小池北面田野里，召开了全军班以上党员活动分子会议，由毛党代表亲自做了攻打龙岩、消灭陈国辉的战斗动员。会上，他详细地分析了敌我政治情况和敌我力量的对比后，号召大家：坚决消灭陈国辉，为民除害，装备自己。这时，我军的装备虽在第一次入闽时有了些改善，但还有不少杂牌枪，有的还打不响。听说打陈国辉，我们非常兴奋，恨不得马上缴支好枪使用。

散会后，各部队劲头十足，纷纷要求打主攻仗。

23日拂晓前，我军沿着公路，直向龙岩西约五公里的龙门逼近。

龙门是陈国辉的前哨阵地，约有1个营的兵力把守。陈国辉很狡猾，他在龙门放这1个营兵力试验我军实力，如我实力弱，即以此营阻击我们，他则由龙岩迂回过来，消灭我于龙门；如我实力强，他则撤回龙岩。

在接近龙门的途中，军部命令：快马加鞭，给敌人一个"迅雷不及掩耳"，把敌人前哨营打掉。我们立即跑步前进。在距离龙门尚有百十米时，敌人见势不妙，连汽车也来不及坐，就仓皇撤回龙岩城。这时，军部命令第一纵队、第三纵队继续向龙岩挺进，我们第二纵队由左翼插向龙岩。不到半个钟头，我们第二纵队就飞快地占领了龙岩北山。守山敌人连滚带爬地窜进城内。这时，第一纵队、第三纵队已攻到西城门下。一阵激烈枪声过后，战斗就结束了，只消灭敌人百余人，陈国辉率部狼狈地向漳州方向逃窜了。

部队进城后，我和党代表敬懋修同志去军部。一进门，毛党代表劈头就问："怎么样，有伤亡没有？"敬懋修同志连忙回答："没有伤亡，可就是胜利不大！"毛党代表笑着说："怎么说胜利不大，把敌人打跑了也是胜利啊！"朱军长接着说："跑了和尚跑不了庙。同志，准备好吧！还有机会消灭他！"毛党代表和朱军长这短短的几句话，既安慰了我们，又给了我们很大鼓励。

几天后，我们离开龙岩，进到坎市、永定和连城一带分散活动，发动群众打土豪分粮食，建立地方革命组织。

一天上午，接到军部命令：立即集中部队于新泉附近，待命出发。原来陈国辉"重整旗鼓"又返回龙岩，因此军部再次决定攻打龙岩，消灭陈国辉。

听说要打陈国辉，根本不需要动员，战士们早都憋着这股劲头咧。

6月19日拂晓，第一纵队、第三纵队和第二纵队分头向龙岩西门和龙岩北门挺进。8点30分，各纵队就按计划逼近了龙岩城，分别占据了各个山头，继而向城内发起了猛烈的总攻，迅速将敌人压缩在城内，敌人以民房为屏障，步步为营与我军顽抗，我进城部队同敌人展开了激烈的巷战。

这场巷战是极其复杂、极其艰苦的。使用兵力多，则施展不开；使用兵力少，我军没有刺刀、手榴弹，和有刺刀、有手榴弹的敌人搏斗，确实吃亏。然而红军战士则不管这些，敌人用刺刀我用枪托，敌人用手榴弹我用石头，敌人跑到楼上我打到楼上，敌人退到楼下我追到楼下……这样激战了两个多小时，虽给了敌人以大量杀伤，但战斗进展不算大，而且我军也有了不少伤亡。

正在这紧急关头，军部传下命令：掏墙挖洞，消灭敌人。

"掏墙挖洞"，战士们管它叫"打老鼠"。顿时，一班、一排、一屋一房地展开了激烈的"掏墙挖洞"战，迅速将敌人压缩在几座大院里。这时，我军一面激烈地攻打，一面展开了政治攻势。敌人眼看不支，纷纷放下武器，摇晃着小白旗向我军投降。

下午2点，战斗胜利结束，除陈国辉化装成士兵逃跑外，敌人全部被我军击毙和活捉了。

经过龙岩战斗之后，红军扩大到 4000 多人，成立了第四纵队。更使我们兴奋的是：我闽西党的活动由秘密转为公开了，并且正式成立了闽西苏维埃政府，邓子恢同志为主席。从此，到处公开建立人民革命委员会、农会，成立苏维埃政府，组织赤卫队、妇女会和少年先锋队等革命组织。

我军在此期间，曾一度进入闽中，在返回闽西的途中，于漳平出敌不意，消灭张贞暂编第一师 1 个多团，缴获武器弹药甚多。不久，红四军又转回赣南。

红四军在消灭敌军郭凤鸣和大败陈国辉之后，闽西的敌人十分惊慌。部分国民党军地方团队和福建省防军第二混成旅卢新铭部，虽仍然占据着部分城市，但他们只能固守城市，不敢出动。因此，闽西广大农村的革命活动，都非常活跃。

为了巩固扩大闽西根据地，彻底摧毁国民党在闽西的封建堡垒，伺机收拾闽西最后一个"地头蛇"——卢新铭，红四军在朱军长的率领下（毛党代表因病未去），于 1929 年 8 月三度入闽。

我们从江西寻乌出发，经福建武平进入闽西。8 月的闽西，仍然有些闷热，时而烈日逼人，时而雾雨绵绵。红军部队连日翻山越岭，8 月下旬的一天中午，进到上杭城东北 25 公里的白砂，准备攻打上杭城。

上杭城是卢新铭长年盘踞的老巢，号称有 1 个旅（2000 余人）固守。该城地势险要，城高墙厚，汀江由北环东而南，素有"铁城"之称，易守不易攻。自古以来群众流传着这样的话，说上杭：南靠汀江，北有泥塘，东有战场无出路（有条河），西有出路无战场（小丘陵区）。

根据这一情况，朱军长在支队长以上干部会议上指出：卢新铭武器装备好，地势对他们有利，工事坚固，但内部腐败透顶，只要我们组织严密，乘黑攻击，猛冲猛打，当可攻下。随即宣布：第三纵队主攻东门，第二纵队第四支队在北门，第六支队在西门，牵制敌人，并做好攻城准备，乘机登城。为了减少战斗伤亡，军长决定，第五支队首先偷袭西门，如果不成，仍按原战斗方案进行。战斗部署后，军长坚定有力地说："同志们！卢新铭是闽西最后一个'土皇帝'，为了巩固闽西根据地，我们要坚决拿下上杭城，干掉卢新铭！"

我们受领任务后，立即召开了党的支队委员会传达布置，各大队（连）也都进行了战斗动员。

9月20日下午3点多，太阳偏西的时候，我们便从白砂出发了。渡过汀江后，天色将近傍晚，按照军长的命令，部队静悄悄地分头进入阵地。

当我们第四支队进到北门城下时，夕阳已西沉老大一会了。天色漆黑，四周寂静。我和战士们一样，心里暗暗地希望着第五支队偷袭西门成功。突然，西门发出一声惊天动地的巨响，党代表敬懋修同志用膀臂碰了我一下："糟了，敌人开了炮，五支队在西门一定是被敌人发觉了！"

"不要紧，军长说过，偷袭不成，就按原部署攻城！"

我俩正在嘀咕，东门方向响起激烈的枪声，我们知道，这是担任主攻的三纵队在东门向敌人发起了猛烈攻击。随之，我们四支队和西门的五支队也相应地开了火，以牵制敌人，配合三纵队攻城。为了不失登城时机，我们命令各大队随时做好登城准备，在听到三纵队登上城的号声后，立即登城。

这时，战斗已经持续了两个多小时，还没听到三纵队的号声，我们心里都十分着急。党代表敬懋修同志和我都认为：在三纵队攻击东门不下、敌人在东门集中火力阻击三纵队的情况下，我们四支队应乘机攻击北门，何况军长在部署此次战斗时说过，抓住登城时机是取胜的重要因素。于是，我们立即命令：十大队、十一大队做掩护，十二大队登城。瞬间，十二大队飞也似的一跃而起，竖起两个三丈多高的大云梯，战士们蜂拥至云梯跟前，接踵而上。借着射击的火光，我见第一个攀登云梯的战士快要爬到云梯顶端了，忽听"咔嚓"一声，云梯被压断了，云梯上面1个班的战士都掉落下来，有的负了伤，有的牺牲了。接着，第二个大云梯也"咔嚓"一声踏断了。我一看，人多云梯抵不住，便迅速命令竖起最后两个云梯，逐个攀登。这样果然云梯不致压断，也上去了人，但速度极慢，上完1个班就用去一刻钟之多。这时城墙上敌人已掉转机枪，正突突地扫射我登城部队，我心里想：这样即便登上城墙，也是力量单薄，有被敌人逐个

193

消灭在城墙上的危险。在这十分紧急的关头，由党代表敬懋修同志在北门指挥十大队、十二大队陆续登城；我带领十一大队顺北城绕向西城。原先考虑到西城无泥塘，可在那里设法登城；当我们拐过西城角，见城墙淤坡可以爬上去，我们便一阵风似的翻上了城墙。这时，东门打成一片火海，我们迅速向纵深发展。当我们打到十字街时，北门的十大队、十二大队，也全部登上城墙，正向两翼发展，枪响得非常激烈。我们把情况报告给军长之后，就继续打向东门。东门的敌人被我们突如其来的冲击打得晕头晕脑，慌乱地向南门撤退。我们一面打开东面城门，一面尾追敌人。一阵激烈的白刃格斗，就把聚集在南角门的敌人全部消灭了。三纵队洪流般地涌进东门，喊着震天响的杀声冲向街里。

这时，军部已经进了城，朱军长命令特务支队攻占了敌人旅部。

四周城墙上的敌人被打得抱头鼠窜，纷纷退向街心。我们街里的部队，由里向外打，四面夹击，打得敌人人叫马嘶，尸横满地。

9月21日拂晓，战斗胜利结束。除卢新铭和少数敌军乘混乱逃窜外，全部被我消灭。生擒敌人1000多人，缴获枪支1000余支。

在东方发白、红日初升的时候，我们怀着胜利的喜悦，正从南城门朝东走，迎面碰见朱军长。朱军长脸上挂着往日惯有的笑容，高兴地对我们说："铁城也好，钢城也罢，反正是我们的！"随着他的话音，同志们都举起枪欢呼起来。

打开上杭城后，群众欢欣鼓舞，纷纷前来慰问。小伙子们踊跃参加红军。苏维埃政权迅速开始办公，打豪绅，分田地，热火朝天。这时，红军已经扩大到六七千人，二纵队增建了第六支队。

红军桥[*]

王耀南

　　一条大江哗啦啦地从长汀城横穿而过，在城东头打了个急弯弯直冲广东三河坝而去。

　　这条江是长汀城里百姓的生命河，两岸的人们就是靠它生存。这月份汀江里流水清清，有几处浅水区，人们可涉水、凫水而过。但自打有汀州府到现在，这江面上就没有一座桥。

　　夏季水大，百姓要撑船过江。这条江人们爱它、靠它，发大水时又奈何不了它。

　　红军在朱德军长的率领下，大踏步地进城了。长汀城是有几万人口的大城镇，红军一到镇子里，老乡们一下子欢腾起来了，人们载歌载舞欢迎自己的军队进城。

　　部队驻扎下后，就开始清点缴获的物品。这一仗收获不

　　* 本文选自《王耀南回忆录》，中共党史出版社 2010 年版，收录时做了适当修改。

小，除了大批的枪支弹药外，还有不少的银圆、药品。最可喜的是夺取了郭凤鸣旅的两所日本式小兵工厂和一所被服厂。

特务营分到了一批弹药和不少银圆、药品。这些物品要到江对面去领，可这汀江水有深有浅，岸边没船。毕占云愁得没办法。

我安顿好部队后就到营部汇报情况，一进门看见毕占云一脸的愁，干抽着旱烟不说话。

"这是怎么了？营长，打了胜仗你还不高兴？"

"我这是高兴得过头了。老王呀，军部通信员刚才报告说，分给了我们不少东西，还有几十条快枪呢。可咱们营你又不是不知道，就这几匹马，你们还都骑着呢，要说用牲口驮吧，那么多物资还是运不回来呀。"

"营长，多派些人去不就行了。眼下这季节，汀江一蹚就过去了，这尿还能把个大活人给憋死了。"

"你说得轻巧。我已侦察过了，这江水有深有浅，战士们一凫水，被服可就要打湿了。我还等着战士们都能穿上新衣裳呢。"

"那只能去时凫水，回来绕道了。"

"老王，理是这个理呀，就是不行呀。"

"那还不容易，在汀江上架一座便桥不就行了吗？"

"好主意呀。过两天，你负责把这项工作落实了，人手不够，我给你派。"

"营长，你放心吧，我这百十条汉子还摆弄不了个桥。说实在的，也就是搭搭板子，算不得桥，要说架桥，我们的这些战士呀还真没见过哩。"我说完，就向连队赶去。

部队驻扎在长汀城的西头。我带了几个有经验的老战士到江边侦察。汀江水浅、石多，江面也就20来米宽，流速慢，最深处不足2米，江心大部分是乱石窝，岸两边的妇女们都在江心石滩上洗衣洗菜。回到驻地后就把骨干们集中起来，研究架桥的事。经过研究，我给了战士任务。

我说："一排长，你带上一些钱和战士到山边竹林里买些竹竿子回来；二排长，你带上人到镇子里买些板子回来。"

我估摸着，架桥的材料一买回来，就可以干起来了。

"报告！"营部通信员风风火火地跑了过来。

"小鬼，什么事，看你急成这样子，部队刚进城，屁股还没坐热，就又要开拔了？"

"王连长，不是的，营长让你到营部开会。"

通信员敬礼后，转身一溜小跑，不一会儿，连个影子也看不见了。

我挎上枪，向营部走去。

"同志们，安静了，现在开会。先让军里派来的首长邓子恢同志给我们传达总部会议精神。"营长说完，看了看邓子恢同志。

"好，我是开门见山。毛委员让我转告同志们，当前形势非常好，有利于我们革命根据地的扩大。现在国民党内部发生了蒋桂战争，蒋介石调朱培德部为第一路军由东向西进攻武汉；刘峙率第二路军沿长江攻打武汉；韩复榘率第三路军从河南沿平汉线进攻武汉。敌人内部的斗争，正是我们求发展的大好时机。在闽西、赣南20余县，发动群众，公开建立苏维埃，同湘赣边界的根据地连接在一起。"

邓子恢还没有说完，大家就议论开了。

有的说："蒋桂战争就是狗咬狗一嘴毛，鳖咬鳖一口血。让他们打去吧。"

有的说："国民党内部一打起来，我们红军的根据地可就连成一大片了。我们正应该利用这大好形势发展红军的势力呀。"

邓子恢看到同志们的热情非常高，就又继续说："同志们，长汀县委对自己的部队非常关心，他们在短短的几天里就筹措了5万大洋，每人5块。从朱军长到伙夫、马夫，大家都一样。这次我从军部来，给你营带来了县委的慰问大队，他们从江东绕道过来，下午就能到这里，你们一定要组织部队欢迎一下。"

大家一听又打开话匣子说开了。

"好啊，刚刚发下来新军装，还没舍得穿，现在又发大洋，这比过年还好呀，部队可以搞上些酒水，好好打打牙祭了。"

邓子恢接着说："同志们作战勇敢，一举全歼郭凤鸣第二混成旅2个团，还击毙郭凤鸣这个土皇帝，为民除害了。

现在我们的部队扩大了，经研究：为了适应新的形势，我们红四军进行整编，把原来团的建制改为纵队，成立第一、第二、第三共3个纵队。你们特务营编属第二纵队。但你们仍然是军部的独立营，职权范围与团平级。根据中共六大决议的要求，将原有的红四军工运委员会改为政治部，由毛泽东兼任政治部主任；每个纵队设立政治部，党代表兼主任；支队、大队两级不设政治部，只设党代表。昨天，你们毕营长和营党代表都参加了军里的大会，有不清楚的地方还可以问问他们。"

我从营部开会回到驻地一看，战士们按照会上研究的架桥方案已经在大江边干了起来。有的战士用砍刀削竹叶，有的剖竹篾，有说有笑的，好不热闹。

同志们看到我开会回来，都围拢过来。

我说："同志们，有的同志在家都没见过桥，现在要架桥，这可不是件容易的事哟，这篾匠活也不是一两天就能学会的。可是我们的任务紧，这两天就要架起来一座小桥。我说呀，副连长，你带上两个人到后村请几个有经验的篾匠帮咱们一下子，工钱一定要给够人家。"

在老乡的帮助下，一座小竹桥架起来了，不过还算不上桥，断断续续的，能过人，牲口可不能从桥上过，只有蹚水了。

这也不错了，起码方便了两岸的部队互通情况，老百姓过江也不用蹚水、凫水了。

战士们正看着自己在汀江上架起的这座简易桥，心里别提多高兴了，这时从岸边上走过来十几个人，我一看，是毛泽东和朱德首长迎面走过来，赶紧跑步上前。

"报告毛委员、朱军长，部队刚在汀江上架起一座简易桥，请你们检查。"

"好的，好的。我刚才还对军长说，别看这汀江没什么水，要蹚过去也不容易哩。"

毛泽东同志一边跟我打着招呼，一边对我说着。

朱军长对我说："我们打了大胜仗。但是在长汀住不了多久，我们还有新的任务。你们架的这座小桥不错嘛。"而后他又对毛泽东同志说："老毛呀，我们过桥那边看看部队去。"

毛泽东同志说："好哇，过桥。"

在江中心的石滩上朱德和毛泽东同志停下来了，因为是竹子搭的简易桥，人走到水深的地方，桥还是左右晃动得比较大。

朱德军长说："王耀南呀，这座桥土气了些，也不稳当哟。但是很方便。今后，革命取得胜利了，我们要在这汀江上架大桥，到那个时候呀，这个桥不光能过人，还要跑汽车哩。"

"对的。这座桥不稳当，时间太紧，临时用一下。夏季一发洪水，这些竹竿子就被冲没了。但是战士们架这座桥也用了两天时间，请军长给这桥起个名字吧。"我边走边向朱德军长汇报着。

"起名字，好哇，让我们的毛委员起嘛。"

我说："毛委员，你给这桥起个名字吧。"

"我看呀，就叫它'红军桥'吧。"

毛泽东同志的话音刚落，在场的同志们就高兴地鼓起了巴掌。

首长们走远了。我把战士们集合到一起说："毛委员给这桥起了个名字，叫'红军桥'。这两天同志们都很辛苦，明天放假一天。大家都给我穿上新发的军装，我带你们去看看发电站，咱们这里土包子多，有的战士活了十几年了都没见过电灯是啥样的，现在见着电灯了，又不知道电是从哪里来的。明天，大家一看就明白了。"

战士们一蹦三尺，高兴地说："这下子我们可要开洋荤了，可没白活在这世上，就是死了也不冤得慌。"

"傻小子，看看发电站你就高兴得要死呀，你们这辈子要见的东西多了，什么飞机呀、火车呀、汽车呀，东西多了去了。你们信不信，在铁筒里放上两节电池，一按开关，那光亮，比你家里的油灯要亮几十倍哩。"我一边笑着，一边对身边的战士们说。

"乖乖哟，难怪爹妈非要送我们来当红军，敢情这世界大着哩。我们还没见过大世面哩。"一个战士歪着头自言自语地说着。

我轻轻地在这个战士的头上打了一下说："当红军就为

了见世面，那你可就是胡说了。我们当红军是为了消灭反动统治阶级，打倒蒋介石，解放所有受苦受难的百姓。大家都能穿上新衣服，天天打牙祭哟。"

小战士吐了一下舌头，不好意思地跑了。

部队在长汀城驻了 17 天，补足了给养，于 4 月 1 日在朱德、毛泽东同志的带领下西进瑞金。这天，晴空万里，金灿灿的阳光照得人们暖洋洋的。部队就要出发了，就要离开长汀城了，就要与自己亲手搭的"红军桥"分别了。战士们望着江上的桥说："下次来我们一定要造一座大石桥，要请毛委员写上'红军桥'三个字。"

红军队伍走远了，但汀江上的"红军桥"仍然屹立在江上……

闽西根据地的创建[*]

邓子恢　张鼎丞

1929 年 5 月间，红四军第二次来到闽西。当时陈国辉和张贞的暂编第一师等正和广东军阀打仗。红四军便迅速占领了龙岩城，在城里展开了宣传活动，街上贴满了标语、布告。毛泽东同志亲自在龙岩第九中学向学生讲话。又拨了一两百条步枪给龙岩县委，装备龙岩游击队。这样一来，龙岩地方武装的实力便空前地增加了，更有力地配合主力展开活动。

占领龙岩的当天，红四军又顺利地攻占了坎市，第二天进驻湖雷，第三天进入永定城。在永定城南门坝召开了群众大会，毛泽东同志又亲自向群众演说。会上，群众纷纷控诉反动派的罪行，情绪激愤。

红四军一到永定，陈国辉之一部便从广东撤回，回到了

---

* 本文原标题为《闽西的春天》，收录时做了适当修改。

龙岩。红四军立刻回龙岩进击，谁知陈敌见势不佳，悄悄撤走了。不久，陈国辉部又全部返回，上杭敌卢新铭第二混成旅也进驻白沙。为诱敌中计，红四军从龙岩城撤退，转向上杭进发，迅速消灭了白沙的卢新铭一个团。白沙战斗一结束，红四军立即回头攻打龙岩城。陈国辉部3000多人全部覆灭，陈国辉只带了几十个随从逃脱。从此闽西局面大定，闽西的革命运动也进入了新的时期。

打下龙岩后，毛泽东同志指示我们：闽西局面已经大定，特委对各地工作要有个纲领才好。

按照毛泽东同志的指示，特委根据闽西各地，主要是溪南里的经验，起草了一个土地革命斗争纲领，其中包括：分配土地，分青苗，男女平等，婚姻自由，保护商店，肃清反革命，建立革命委员会、赤卫队、少先队等问题。这个纲领当即印发各县，对各地开展工作起了很大的作用。

红四军在龙岩开了第七次党代表大会后，朱德同志率第二、第三纵队向大田、德化出击。第一纵队留在闽西，分布在永定、上杭、长汀，帮助地方党和地方武装，消灭地主武装和土匪，打土豪，分田地，烧契约，建政权。革命的声威震天撼地。在红四军的积极帮助下，在短短的时间中，我们即在永定、上杭、长汀、通城、武平等县原来没有基础或基础薄弱的广大地区，如湖雷、坎市、蓝家渡、太阳坝、黄岗、白沙、旧县、新泉、南阳、才溪、畲心、象洞等地方，发动了广大群众，进行了土地革命，成立了区、乡红色政权。这时，各地都建立了赤卫军、少先队，各县都成立了赤卫军总队部。县、区都有脱离生产的武装。

7月间，闽西党组织在毛泽东同志的指导下，在上杭蛟洋召开了具有历史意义的第一次党代表大会。会上总结了过去的斗争经验，指出闽西党组织在斗争中发动群众，组织群众，抓住重点向四周波浪式地发展，引导群众投入土地革命斗争，在低潮时期有组织有计划地退却等方面，都取得了不少成绩。

毛泽东同志讲话时，赞扬了闽西的革命斗争。他在指出闽西党组织今后的基本任务是巩固和发展闽西红色根据地以后，便高声地向全场代表问道："能不能巩固？"

大家都满怀热情地回答："能！"

毛泽东同志又侧着头问道："有什么条件？"这一问，把大家问住了，会场上一片沉寂。

这时，毛泽东同志拿起粉笔，就在主席台的黑板上，写下了这样六个条件：闽西根据地已有80万群众，经过长期斗争，而且暴动起来了；闽西各县有了共产党，这个党与群众建立了亲密的联系；闽西各县已建立了人民武装——红军、赤卫队；闽西的粮食可以自给；闽西处于闽粤赣三省边沿，山岭重叠，地形险阻，便于与敌人作战；敌人内部有矛盾，可以利用。

接着，他又告诉大家巩固根据地的三条基本方针，这就是：深入地进行土地革命；彻底消灭反动民团和土匪，发展工农武装；发展党，建立政权，肃清反革命。

毛泽东同志的指示，方向明确，内容深刻，大大提高了闽西党的水平，也鼓舞了大家的斗争信心。

会后，毛泽东同志派了许多有经验、有能力的军事、政治干部，参加建设闽西红军的工作。8 月，正式成立了红四军第四纵队（红四军初入闽时，只有 3 个纵队），下辖 2 个支队：第一支队是由上杭的蛟洋及龙岩的白土等地的游击队编成；第二支队由永定的溪南里、金丰、湖雷等地的游击队编成。

9 月间，四纵队曾配合一纵队、二纵队、三纵队攻下上杭城。在这里，红四军开了第八次党代表大会。12 月初，再克长汀。然后，部队就在连城的新泉一带整训。

毛泽东同志在部队中进行了近一个月的调查研究，总结了两年多来的建军经验，起草了有名的古田会议决议的草稿。然后在 12 月间，于上杭的古田召开了红四军第九次党代表大会，通过了这项决议。第四纵队也选派党代表参加了这次会议，全体指战员都参加了整训，直接在毛泽东同志的教育下，学习了红四军的优良作风。这次会议，对第四纵队由地方武装迅速成长为正规红军，起到了决定性的作用。

由于红军主力来到闽西，闽西六县全面暴动，大大震动了国民党反动派的统治。蒋介石便组织了"三省会剿"，命令江西的金汉鼎、福建的刘和鼎、广东的陈维远等部，向闽西进逼。为了粉碎敌人的"会剿"，古田会议结束后，红四军前委决定绕到敌人后面去，转移敌人目标。1930 年年初，红四军 4 个纵队便从古田出发，向北经连城、清流、归化、宁化，西越武夷山，去江西开展游击战争。

红四军一走，敌人失掉目标，加之闽西各地开展了游击战争，敌人到处挨打，因而广东敌人裹足不前，江西敌人仓皇撤退。剩下个刘和鼎，又因福州政变，只好溜之大吉。嚣张一时的"三省会剿"就这样黯然收场。

敌人这次"会剿"，不但没有动摇闽西群众的革命信心，相反却更加提高了他们的阶级觉悟。闽西党组织根据毛泽东同志所确定的战略方针、路线和政策，根据闽西的客观情况和主观力量，在军事建设、土地革命及财政经济各方面，都做了艰巨的工作，因而局面大为好转。各县都先后召开了工农兵代表大会，成立了红色政权。又在纵横 300 多里的地区内，解决了 50 多个区 600 多个乡的土地问题，约有 80 万人得到了土地。1930 年 3 月 18 日（巴黎公社纪念日），召开了闽西第一次工农兵代表大会，制定了各种法令，成立了闽西苏维埃政府。这期间，是 1926 年以来，闽西革命局面的全盛时期。

闽西苏维埃政府成立后，第一件事便是组织红军，用地方武装升级的办法，把各县的赤卫团编为中国工农红军第十二军；并成立了闽西红军学校，培养红军的军事、政治干部。

1930 年 6 月，第四纵队随红四军回到闽西。半年多来，他们跟随红军主力转战各地，得到更好的锻炼，政治、军事素质逐渐提高，人员扩大了一倍，武器装备也改善了。

从红十二军的建立和红四军第四纵队的发展，可以看出：在群众革命运动中，创造地方武装，逐渐上升为主力军，地方主力又编到中央主力去，这就是毛泽东同志在军事建设方面的基本方针。闽西红军主力的编成，显示了这一方针的正确性。同时也可以看出，没有主力的带动、培养，地方武装要发展成为主力是很困难的。毛泽东同志一向很重视培养地方武装，除了给枪支、派干部外，特别注意从实践中锻炼他们，让红军主力带他们去打大仗，让他们听惯枪声，见惯大炮；有把握的小仗，让他们去打，有缴获的地方，让他们先去；训练、行军，都让他们和主力在一起。这样，从装备到战斗经验都不断充实、丰富，地方武装的发展就非常迅速，战斗力也就很快提高了。

重返湘鄂赣[*]

王首道

　　1928 年 8 月，彭德怀、滕代远率红五军主力由平江黄金洞出发，到浏阳、万载边境活动，并相机南下与红四军会合。9 月初，部队行至万载西北的大桥时，因叛徒投敌告密，遭敌伏击，部队由 2000 人减至 500 多人，遂折回平江、修水、铜鼓一带休整，加强军事训练、政治教育。同时发动群众打土豪、分田地，建立区乡苏维埃政府，逐步开辟湘鄂赣根据地。9 月 17 日，红五军进驻江西铜鼓县幽居，滕代远召开了红五军和平江、浏阳、修水、铜鼓、武宁等县党的联席会议。会议决定：正式恢复中共湘赣边特委，滕代远、彭德怀、李宗白、邱训民与我为常委，滕代远为书记；会议还总结了平江起义以来的经验教训，决定以修水县台庄为中心，扩大革命根据地。同时从各县抽调一批干部和赤卫队员编入红军。我是代表浏阳县委来

---

　　* 本文原标题为《红五军返回湘鄂赣和长寿街会议》，收录时做了适当修改。

参加联席会议的，会后仍回到浏阳，主持浏阳的工作。

10 月，红五军和平江、浏阳等地的赤卫队员统编为 3 个纵队 10 个大队。第一纵队长李灿，第二纵队长黄公略，第三纵队长贺国中。每个纵队辖 3 个大队，另军部直辖 1 个特务大队。黄公略等率领 5 个大队在平江、修水、铜鼓、浏阳、万载一带坚持游击战争，巩固和发展根据地。彭德怀、滕代远则率其他 5 个大队突出重围，再次向井冈山根据地方向进军。

1929 年 4 月 12 日，中共湘鄂赣边特委根据省委指示，在平江召开扩大会议。这时我已正式调特委工作。会议着重贯彻了党的六大精神，决定边区工作以大围山为中心向四周发展。会议还建立了新的特委，经过选举由我担任书记，并成立了以赖汝樵为主席的湘鄂赣边境暴动委员会，作为边区统一的临时政权组织。同时，留在边区的红五军 5 个大队也改编为湘鄂赣边境支队，由黄公略任支队长，是为边区的主力红军。

在新的特委成立不久，约在 6、7 月间，湖南、湘北、江西三省反动派调集 5 个团的兵力，联合平江、浏阳等县的反动武装，对湘鄂赣苏区发动"会剿"。由于边境第一次遇到敌人以这么大的兵力进行围攻，因此损失较大，斗争处于困难时期。特委精简机构，团结军民，机动灵活地打击敌人，保卫苏区。

8 月 3 日，中共湖南省委常委会议通过了《湘鄂赣边境目前工作决议案》。决议指出：边境目前的工作是争取群众，扩大红军，发展苏区，完成边境各县的武装割据，准备实行边境的总暴动。同时，制定了土地革命的新政策，即没收地主的土地分给农民，以雇农、贫农为核心，团结自耕农、中农和少数富农。这对边境的斗争起到了好的作用。但边境的困难形势，直到8月底彭德怀率领红五军主力回到湘鄂赣后，才开始有转机。

红五军主力在彭德怀率领下在湘赣边区与红四军一起同敌人作战期间，取得了很大成绩，也承受了一些挫折，但学得了许多好经验，又吸收了大量新鲜血液，已经成为一支具有良好政治素质和军事素质的新型军队。返回湘鄂赣之前，1929年7月，他们集结在永新、宁冈、莲花边界——湘赣苏区中心区，休整了一个月。于8月8日开始北返，10日抵莲花附近，恰值敌张辉瓒第十八师和谭道源第五十师共4个旅开始向红五军进攻。敌人第一线3个旅，一路经永新，一路经莲花，向红五军休整地区夹击，另一个旅在第二线策应。红五军约1100人，从敌军间隙中进至莲花县城东约20公里的潞口砂潜伏，待敌主力进占莲花时，我乘敌不备，袭击敌之后尾。当晚，敌之后尾1个营和辎重部队进至潞口砂宿营，我军已在敌前进路两侧预先埋伏，乘敌集合出发时，突然发起进攻，敌军大乱，我军猛烈冲杀，半小时将敌全歼，全部辎重被我缴获。可惜因为当地群众为了对付敌军上山打埋伏去了，无人搬运，因此，除尽量就地埋藏外，也顾不上打扫战场了。为了扩大战果，红五军继续北进，攻占宜春、分宜，消灭地主武装，8月14日又力克万载，威胁樟树（清江）、南昌。这时，进攻湘赣边之敌乘夜返回吉安，放弃了永新、莲花两城，使湘赣边苏区控制了永新、莲花、宁冈三个完整县。红五军乃乘胜进到铜鼓地区，返回离开一年多的湘鄂赣边区。

8月底，返回的红五军主力在平江黄金洞、桐木桥地区，与原在湘鄂赣的黄公略率领的湘鄂赣边境支队会合。

9月2日，中共湘鄂赣边特委在平江芦头召开扩大会议，红五军军委代表参加了会议。会议认真总结了"四一二平江扩大会议"以来革命斗争的经验教训，针对新的形势和存在的问题，提出了新的策略原则。决定苏维埃政权组织由公开转变为半公开形式，尚未公开的地方则注意秘密割据；在土地问题上，提出只没收地主的土地，分给无地和少地的农民，纠正过去没收一切土地，共同生产、共同消费的错误做法；强调党在农村的工作路线是以贫农为基础，联合中农、中立富农、反对地主。会议经过充分酝酿讨论，选举了湘鄂赣边境特委第二届执行委员11人，候补执行委员3人。随后，召开了第二届执委第一次会议，推选我和石夫（杨幼麟）、袁国平、刘建中、李宗白为常委，我为书记。会议并决定在边境暴动委员会的基础上组织湘鄂赣边境革命委员会。会后，红五军部队与湘鄂赣边境支队合编，仍称红五军，彭德怀任军长，黄公略任副军长，滕代远任党代表，取

213

消边境支队建制，将全军 3000 多人编成 5 个纵队。合编后，除第五纵队奉命赴鄂东南开辟新苏区外，其余各纵队则仍在湘、赣两省边境开展游击战争。9 月 25 日中共中央决定：湘鄂赣边特委管辖平江、浏阳、铜鼓、修水、武宁、万载、宜春、通城、崇阳等九县，特委由湖南省委领导。红五军接受江西省委指示，同时与湘鄂赣边特委建立关系。

10 月 1 日，红五军攻占平江长寿街，这是红五军成立以来第三次进攻长寿街了。第一次是 1928 年 8 月 1 日，平江起义后不久，地方党组织报告说长寿街来了小股敌人，有两三百人，请求红五军去解决。红五军未做侦察，一接火才发现敌人有第二十三师朱耀华部一团之众，激战后我军退出战斗。第二次是 1928 年 8 月 23 日，根据黄全洞党组织报告，长寿街只有敌军 1 个营，要求红五军立即进攻。但一经接触，又发现有独立第五师陈光中部 1 个团，经激战我军损失很大。这一次，地方党组织报告只有反动挨户团数百人，发动进攻后，发现除挨户团外，还有敌军 1 个团。在这次战斗中，我军作战异常英勇，虽然损失不小，最后却取得了很大胜利。战斗结束后我军进驻长寿街。老区人民情深义重，热烈欢迎红军。红五军第一、二、三、四纵队集中在长寿街进行短期休整，军部乘此战斗空隙召开了会议，总结战斗经验。

出击东江[*]

欧阳毅

1929 年 10 月 19 日，红四军留第四纵队在闽西苏区，其他 3 个纵队依照前委命令，在朱德军长的率领下，分别从驻地向闽粤边界进发，直指东江！

这天早晨，云雾茫茫，秋风习习。我们第一纵队告别驻地——闽西武平县象洞，向粤东梅县的松源镇攻击前进，沿途进展顺利。虽说在五虽桥附近与敌 1 个营发生遭遇战，但敌军一触即溃，逃向松口。随后，我军没有遇到什么敌人的阻击，便顺利拿下了松源镇。第三纵队从闽西武平县城向岩前攻击前进，也按时到达了预定位置。第二纵队从水定县的峰市向粤东边界大埔县虎市（虎头沙、石下坝）攻击前进。事后得知，他们在进军虎市时，打了一场恶仗。

原来，15 日第二纵队曾在峰市打了一仗。开始，峰市

＊ 本文原标题为《红四军出击东江》，收录时做了适当修改。

守敌依仗火力强，地理位置好，没把红军放在眼里。战斗打响后，第二纵队攻如猛虎，声势浩大。敌人顿时恐慌万状，弃城西逃。他们败逃大埔县茶阳镇以后，为逃避责任，就极言红军锐不可当。这一下把大铺守敌的头目吓得晕头转向，赶快派出2个营的兵力，并配备多挺轻重机枪进驻大铺县城的门户——虎市，企图在此凭险据守。他们利用虎市背山面水、易守难攻的地理优势，重点布防，分兵把守。由于当时的情报不准，第二纵队以为防守虎市的敌人已是惊弓之鸟，不堪一击。他们在19日到达虎市外围后，没有来得及进行充分的战斗准备，就匆匆兵分三路，展开攻击。纵队司令员刘安恭居中路，亲自指挥部队猛攻敌人的祖龙山机枪阵地，其余两路侧击敌后。战斗从凌晨3点打响，我指战员虽奋不顾身，冲锋陷阵，但敌人利用轻重机枪，组成了强大的火力网，加之地形有利，进行负隅顽抗，给第二纵队的中路进攻造成了很大困难。激战至上午10点，我军才啃下了这块硬骨头，攻占了虎市。这次战斗，俘敌200多人，缴获十几挺轻重机枪，400多支长短枪，还有大量弹药等。我军也有较大伤亡，刘安恭就是在此役中牺牲的，噩耗传来，我们都为之悲痛。

20日，红四军第一纵队、第二纵队、第三纵队如期集中于松源镇，并进一步做好出击松口的准备。在松源镇，红四军多次召开群众大会，宣传红军的政治主张，帮助当地群众成立苏维埃政权，组建赤卫队和农民协会等组织。过了两天，前委书记陈毅到了松源镇。他是于 7 月下旬前往上海向党中央汇报红四军情况的。这次回来，他化装成香港大商人。看到风度翩翩的陈毅，朱德高兴得不得了，说这段时间肩上的担子太重了，压得他喘不过气来。陈毅风趣地说："没的关系，咱们四川人就是能挑担子嘛！"说着，两人哈哈大笑起来。陈毅首先询问毛泽东的近况，朱德告诉他养病尚未回来。之后，他们认真讨论了如何贯彻中央"九月来信"精神的问题，并召开了军事会议，研究了我军的行动方针和作战方案等。也许是多日不见的缘故，我见到陈毅时，感到特别亲切，因为早在井冈山时，我和陈毅就很熟悉。那时，我们曾同睡一个地铺，同盖一条毛毯。后来，他兼任第一纵队党代表，我是党委秘书，就在他身边工作。这时，为了使首长及时了解情况，我就把部队作战文书和会议记录等拿给他看。陈毅看后，高兴地说："小鬼，你又进步了！"

当得知粤敌陈维远部已于 23 日进驻松口的消息后，前委决定不强攻松口，而取道蕉岭。当晚，红四军 3 个纵队从松源出发，马摘铃，人息声，迎着萧瑟秋风，踏着泥泞小路，向着蕉岭城前进。我们第一纵队于 24 日晨抵达蕉岭城。驻下不久，警卫人员带来一个人，30 多岁，很精干，讲的是客家话。交谈后，证实他是由地方党组织派来向我们介绍情况的。当时，只有纵队司令员林彪、政委彭祜和我在场。我这时仍在第一纵队任党委秘书。在他介绍完情况后，林、彭对他讲，希望地方党组织能大力宣传红军的政治主张，以扩大红军的影响。还特别希望地方党组织能及时把敌人变化的情况告诉我们。送走这位同志后，我把整理好的会谈记录，交林、彭审阅。忽然，发现我的手枪被地方同志挪动了，但万万没想到他把子弹上了膛，我拿起来无意扣了一下扳机，只听"叭"的一声，手枪走了火。林彪用手揉着耳朵说："好响哟！"我凑上去一看，他的耳朵边上被烫红了一小块，真把我吓坏了。彭祜说："真悬啊！差一点又死一个司令员。"从此，我对待枪支就非常谨慎小心了。

在前委闻知梅县城内只有少数地方反动武装时，决定乘虚而入，突袭梅县城，夺得立足之地。25 日，红四军即向梅县城进发，沿途经过三圳、新埔、大浪口等地。下午 3 点左右，我们纵队的先头部队抵达县城附近。稍做准备后，先以 2 个连的兵力攻城。守敌开始不知是谁攻城，还企图顽抗。没过多久，他们发现是红四军来了，就仓皇弃城而逃。我们击毙了 20 余名敌人，缴枪 30 余支。傍晚时，红四军浩浩荡荡进入梅县城。

进城后，我们红四军立即开展宣传活动。机关组织人员书写和张贴布告、标语，以安定民心，扩大红军的政治影响；各部队还派出了巡逻战士，维持城内秩序，防止少数漏网之敌扰乱；前委领导同志召集各界人士开会，向他们宣传红军的政策，同时也进行筹款。中共梅县县委也派人协助我们政工人员和宣传员，召集群众，发表演说，宣传红军的政策和纪律。由于工作做得好，第二天梅县城就恢复了秩序。

此时部队的生活也有了改善。我们第一纵队还给一些领导干部每人买了一支"派克"钢笔，因工作关系也给了我一支。

26 日下午，当我们还在忙于做宣传工作时，北城外突然响起了枪声，并且还越来越急。听得出这枪声不是散兵游勇所为，很像是敌人正规军。果然，这是驻三河坝、松口之敌第六十一师的 3 个团尾随而来。由于当时的侦察工作做得不好，情报工作也没有跟上，直到这些敌人的先头部队同我们的排哨打响了，才发现有大批敌人。对于这突如其来的情况，大家心中没数，更不知敌人的虚实。因此，红四军赶紧向梅县城外转移。这时，朱军长还在群众大会上讲话。他说："乡亲们，不要怕，我们红军会很快打回来的，革命一定要成功！"在我们的再三催促下，他才离开会场，群众也很快地离去了。我们从城南门出发，越过一条干涸的河道，直奔城南方向的山区。晚上 8 点左右，到了一个叫轩坑渡的渡口。此时，月光如水，一片银白，使秋夜显得宁谧迷人，但谁也无心欣赏。大家都知道，眼前的问题很严重：只有一条船可供摆渡，如果敌人追来，后果将不堪设想。在渡了两船之后，朱军长等人觉得时间紧迫，刻不容缓，就派人到上游勘察水情。幸喜在上游的不远处有一个地方可以徒涉。朱军长命令大家涉水渡河。因为水流湍急，有几个人被冲倒，浑身湿透了。于是大家就手挽手一块渡。上岸后，身上的衣服几乎全湿了，被秋风一吹，凉飕飕的，直打冷战。看到部队安全渡过了河，又不见敌人的追兵，朱军长等领导同志就让部队在旁溪、耕郑、龙岗等村庄宿营。

红四军从梅县城撤退时，汤坑、八乡山、揭阳、普宁及五华、兴宁、龙川等地的工农武装曾给予了有力的配合。他们或直接打击敌军，或狠狠地打击当地的反动武装。更有趣的是，他们用红军战士的一些破烂军衣、草鞋来迷惑敌人。他们布下的迷魂阵，果然使愚蠢的敌人上了当。敌人主力狠命往汤坑、兴宁一带追寻，企图同红四军决战。殊不知，我们已在梅南山中安然休整。29 日，东江革命武装数百人，在古大存等率领下，到梅南顺里码头与红四军会师。

这时两广军阀之间的混战已经结束，广东军阀已掉头对付攻入东江的红四军，国民党军钱大钧部的一个军也从潮汕方向向梅县进犯。当然，我们并不知道这些。当时只是探听到，占领梅县城的敌人仅仅是 1 个团，并从汕头带来大批枪支弹药。对这个敌人打不打，这批武器夺不夺，前委领导同志进行了反复考虑。为了慎重起见，前委召开了由各纵队司令员及东江特委、革委和军委负责同志参加的军事会议。多数人认为，趁敌人主力扑空之机，集中我红四军 3 个纵队之兵力，杀他一个回马枪，直接反攻梅城，夺取敌人的枪支弹药，然后迅速撤离，远走高飞，返回闽西苏区，以实际行动扩大红军在东江地区的影响。前委领导同志采纳了这一主张。

30 日夜晚，红四军完成了部队集结，隐蔽在梅南的丛林中。红四军领导同志又一次研究了反攻梅县城的战术问题。当时有两种意见：一种认为在攻城的同时要派出部队打敌人增援，以确保攻城的顺利进行；另一种认为要集中全部力量攻城，争取在敌军增援前攻克，也就是"抓一把就走"。最后前委决定采取后一种意见，用直捣梅县城的战术，一鼓作气，全歼守敌。

31日早晨，红四军主力把梅县城紧紧包围。战斗分工是：第一纵队攻击东门，第二纵队攻击西门，第三纵队攻击北门。上午10点发起攻击，顿时枪声大作，杀声四起。西门是我军的主攻点，第二纵队的火力配备强，战士们为刘安恭司令员复仇的决心大，斗志旺盛，个个像小老虎一样勇猛，一下子把敌人打晕了。吓破了胆的敌人，一窝蜂似的拥到了东门，企图夺路逃走。敌人刚出城门，就被我第一纵队的机枪密集火力打了回去。看来，我们第一纵队打得有些急了，当时还觉得很过瘾。与此同时，城北门又被我第三纵队死死封住。这样，城内的敌人看到上天无路，入地无门，被逼无奈，拼死抵抗。梅县城内街道弯曲，道路狭窄，两旁的房子高矮不同。敌人利用这些条件，组成了交叉火力网。激烈的战斗持续了几个小时，我军仍没有实现作战意图。战士们气得嗷嗷叫，有些同志主张用火攻梅县城，并说历史上就有"火烧连营"的战例。朱军长没有同意，说那是"营"，这是"城"，城里有老百姓。放火会使群众遭受损失，我们是人民的子弟兵，不能这么干。这样，就决定将攻击的重点转移到城北门。

城北门有一个土山冈，它紧靠着城墙，是全城的制高点。如果我们能把它抢到手，攻可以居高临下，威胁梅县城；退可以凭险扼守，断敌后路。占领它，必须要通过一片开阔地。当敌人发现我战斗意图后，就用密集的机枪火力封锁这片开阔地。我军也以机枪火力还击，掩护部队攻击。战斗最激烈时，我军有六七十名突击队员冲上了土冈。可巧，敌人的增援部队也到了那里。双方展开了极其激烈的争夺。呐喊声、厮杀声、枪炮声响成一片，刀光剑影，撕人肝胆，好一场恶战！混战中，敌团长郭思演被我军击伤。可惜的是，由于敌人火力太强，使我军后续部队被阻。虽经多次冲击，仍通不过这片开阔地。冲上土冈的那些勇士们终因寡不敌众，全部壮烈牺牲。那真是极其惨烈、悲壮的一幕！这次战斗，我们伤亡将近300人，罗荣桓的腰部也负了伤，是谭政等把他抬下了火线。战至晚上9点，得知敌人3个师的增援部队即将赶来，我们红四军主动放弃攻城，撤出了战斗。

红四军反攻梅城失利之后，前委领导同志遂决定按照中央"九月来信"的有关指示精神，开赴粤、闽、赣边界的平远、寻乌、安远一带游击。这时，我们才闻知两广军阀战争已经结束，敌人正集中力量来对付我军。根据这一情况，前委领导同志向中央报告了红四军返回闽西的计划。

在此期间，红四军进行了休整。由于入东江后的战斗减员和将一部分武装力量留在东江地区，以及原先在闽西时收编人员的逃跑等，全军共减员1000多人。第一纵队、第二纵队都由 3 个支队缩编为 2 个支队，第三纵队缩编为 1 个支队，部分领导干部也做了调整。这是继井冈山"八月失败"以来，红四军最严重的一次损失。出击东江的曲折历程教育了人们，有些指战员提出毛泽东党代表为什么还不回来。我们曾当面询问过陈毅："毛党代表什么时候能回来?"陈毅爽快地回答："快了，我已经写信请他了!"

11 月中旬，朱德、陈毅率领红四军回闽西。我们先占武平县城，又取高梧镇，继而在上杭官庄渡汀江，与胡少海领导的第四纵队会师，于 11 月 23 日，到达汀州城。占领汀州的第四天，11 月 26 日，毛泽东从蛟洋到达汀州，回红四军前委工作，全军上下一片欢腾。

智取大冶城[*]

何长工

1928 年 12 月初，中央派柯庆施同志由上海赶来，交给我们一项紧急任务，叫我们拦江截取四川军阀杨森的两艘载运军火的轮船。当晚，纵队党委举行紧急会议，决定批准第一支队全部化装为渔民，以急行军赶到伟源湖边长江的伟源口截击敌船，并连夜通知阳新、大冶两县县委紧急动员伟源湖一带的渔民集中 300 条小渔船。但是，当我军先头部队赶到伟源口时，才查明敌人两艘满载军火的轮船早已在两天以前由此溯江而上了。

部队既已扑空，乃决定仍折回黄沙。行至中途，又接到湖北省委派赵品三、郭子明两同志送来的指示，内言敌独立第十五旅有党的秘密组织，系由程子华同志负责，程在敌军中任排长，闻程团驻大冶，叫我们通过程的关系设法瓦解消

---

* 本文原标题为《回忆第五纵队开辟鄂东南》，收录时做了适当修改。

灭敌旅。

这个独立第十五旅是 10 月下旬才开到鄂东南来的，3个团分驻在阳新、大冶、石灰窑一线，敌旅长唐仁山率旅部驻石灰窑。

我们接到这个指示之后，就将部队开到了伟源湖东岸兴隆铺、曹家大院一线。曹家大院是阳新县苏维埃政府主席曹大难同志的家乡，我们就在他家里举行了大冶中心县委与第五纵队党委的扩大联席会议，参加这次会议的有李灿、陈奇、游雪程、吴伴民、徐策、李琳、柯庆施、赵品三、郭子明、曹德全等 30 多个同志，经过热烈的讨论之后，决定立即与程子华同志取得联系，里应外合，攻取大冶城。

次日，我们即派郭子明同志到大冶去找程子华同志接头。郭子明原在国民党军曹万顺师任连长，曹师是第十五旅的前身，所以当时驻大冶的敌军中有许多人是他的旧同事，他可以利用这些关系进行工作。他临走时，我们与他约定：我军开始攻击时，在湖东岸鸣放三声土炮为暗号，他们听到后，就在城里带领起义队伍策应攻城。

对战斗中可能遇到的情况，我们事先也做了慎重的估计。大冶城突出在伟源湖畔，三面环水，只能从西面进攻，如果攻城不能迅速奏效，则石灰窑之敌必来增援，我军就会有两面受敌的危险，而我军撤兵只有一条安全退路，即从湖中的横堤上撤到东岸去，如果横堤大桥遭敌控制或破坏，就只能绕道伟源湖西南一带的山区，而这一带环驻敌军，我们很可能又在途中遭敌包围。考虑到以上情况，我们就挑选了100多名彪悍勇敢的战士，化装成渔民，暗藏驳壳枪和手榴弹，分乘20多条渔船，隐伏在横堤大桥附近，打响之后，他们就迅速地消灭大桥上的守敌，将大桥控制起来，以保证我军退路的安全。

我们又考虑到我们这支4000人的队伍不可能从环驻敌军的地区经过而不暴露目标，因此，秘密和突然的行动是此次战斗取胜的关键，于是我们决定不走大冶西部的旱路，而打算乘船在黑夜里偷渡伟源湖，原先准备用来截取敌人轮船的300条小渔船正好在这里起了作用。

第二天黄昏时分，我军开到了伟源湖边，战士们在湖畔田野里饱饱地吃了晚饭，便依次登船，等火红的太阳刚刚落水，300多条渔船便迎着水天一色的落霞，一齐向对岸进发。这时正是隆冬季节，寒气袭人，伟源湖上夜色茫茫，星光朦胧，万籁俱寂，大家坐在船上屏息无声，只听咿呀呀的桨声和船头的浪花声，只看见隐隐的一大群黑点在湖面上迅速移动，深夜11点左右，我军全部安全地在湖西岸登陆了。

部队登陆之后，第二支队即插向大冶与石灰窑之间的公路两侧设伏，准备迎击敌人由石灰窑开来的援军，李灿同志和我带着一支队担任主攻，插到大冶西郊，埋伏在夏陆车站与大冶城之间的山上。

这时，我们又考虑到如果敌人据城不出，我军又不能迅速攻进城去，时间一拖延，会给我军造成许多困难。于是，我们决定先设法诱敌出城，在城外消灭敌人。

翌日拂晓，我们先派 1 个排到城下佯攻。这个排的排长叫洪超，过去是朱德同志的警卫员（长征开始时任红军师长），是一个非常勇敢机灵的小伙子，他带着战士一下冲到城下，朝城上打了几排枪，敌人团长朱麻子在城上看到人少可欺，就亲自带了 1 个营出城反扑，洪超同志带着战士们扭头就跑，敌人穷追不舍，刚好落入我军伏击圈，两边山上的机关枪、迫击炮、步枪突然一齐开火，军号声、呐喊声震动山岳，洪超同志又带领全排回转身冲过来，两边山上的战士们也一齐杀下来，把这营敌人全部歼灭，敌人团长朱麻子也被我们活捉了。

我们知道城内还有敌人 2 个营，立刻命令刚刚俘虏的敌军司号长吹号调动敌人跑步增援。敌人听到号音，果然 2 个营都跑步赶出城来，我军当即以猛烈炮火夹击敌人，并命令俘虏们大声喊话："你们不要打啦！你们的朱团长都在这里呀！"敌人动摇了，骚动了，我军趁机冲上去，敌人这 2 个营就全部缴械投降了。

这一仗，我军俘敌 1000 余名，缴枪 900 多支，就连敌人也不得不承认红军的勇敢和机智。敌人团长朱麻子被俘虏后说："昨天下午，我们侦探回来，还说附近没有发现红军，真想不到今天早上你们一下子就来了几千人，真是出奇制胜！"

从战斗开始到我们胜利地进入大冶城，一直未听到程子华同志的消息，他们既未出城打接应，我军进城后又不见他来找我们，郭子明同志也失去了联系。我们派人四处打听，也未找到他的下落，究竟出了什么意外呢？

当天正午时分，通信员带着一位年轻的国民党军军官走进指挥部来，他一进门就向我报告。原来他就是程子华同志，大家见他来到，都很高兴，热情地围着他问长问短。程子华同志告诉我们：昨天晚上，他就暗地嘱咐全排的弟兄们不要松掉绑腿，以便随时行动，不料被半夜查铺的连长发觉了，就厉声提出质问，程子华同志只好搪塞了几句："弟兄们下操都累了，没来得及松绑腿带就倒下睡了。"连长没有再问什么，只是恶狠狠地瞪了他一眼，他以为暴露了，等连长转身出门后，急忙吹了一声哨子，带着全排就冲出去，在营门口杀死了敌人警卫班长，将警卫班也带走了，他们冲出城后，就隐蔽在附近山里，上午只听得激烈的枪炮声，但不知我军胜负如何，一直等到正午，从群众口里听到确实情况后，才进城来找到我们。

程子华同志还告诉我们，在敌人独立第十五旅内的党组织，连他在内共有 30 来个共产党员。李灿同志大吃一惊说："这多悬哪！"大家都笑了。

当天夜里，我军就带着 1000 多名俘虏撤离了大冶城。部队回到三溪口一带进行扩编，经过动员教育，我们争取了 1000 多名俘虏自愿参加了红军，这是我们部队第一次吸收俘虏成分。我们将他们编为第二支队，由程子华同志任支队长，陈奇同志为党代表，又将地方武装谢振亚部与我军原第二支队合并，编为第三支队，由谢振亚任支队长，游雪程同志为党代表。这时，我们第五纵队已经扩大到6000多人了。

首次攻占长沙城[*]

吴自立

1930 年 7 月 26 日，天刚拂晓，我们就由花门楼出发了。第八军沿着平江通长沙的大道从正面直奔金井；第五军由更鼓台出发，通过三口港、赤马殿从左后向金井包抄。

这天，仍然是我们大队担任前卫。出发以前，我就先警告第二中队中队长彭希凡："这回你要绝对地按命令办事，遇小股敌人可以坚决地驱逐，遇到大股的敌人，就要立即占领要点，掩护主力展开，不许盲动！"他还是满不在乎地说："敌人吃了昨天的败仗，今天胆子更小了，一冲就会垮的。""不对！敌人知道我们正在前进，他会设埋伏的，不要中了他们的回马枪。麻痹大意，是要吃亏的！""是，一定照命令办事！"彭希凡说。

我们顺着大路往前走，边走边搜索。路倒好走，只是山

---

  * 本文原标题为《红三军团首次攻占长沙城》，收录时做了适当修改。

多，每过一山，就得仔细地观察一番，怕闯进了敌人的埋伏圈。沿路两旁的早稻早已熟了，但看不见人收割，因为这里正在打仗。

别看头天打了一天的仗，大家谁也不疲劳，早晨走路又不顶热，太阳红山的时候，我们就到了献早尖下，纵队长何时达同志和我们走在一起，我说："纵队长，这里离金井不远了。""走吧。"他说，"敌人在金井给我们预备好吃的了，我们赶到金井吃早饭。"金井有敌人，我们是知道的，并且知道他们一定会顽强抵抗，保不保得住长沙，就看这一仗。向前走了2公里路，第八军军长何长工同志就命令四、五纵队，向右散开，向右前方前进。到离金井1公里多路的夏家冲一带，我们就跟敌人碰上了，接上了火。

由金井的东北面洋姜冲、墨斗湾，至金井的东南面王家祠、九溪寺、三丘田一线的山头上，都被敌人占领着，敌人的阵势像个扇子面，阵地上都做了简单的工事；这里的敌人有三个多旅，还有一些地方挨户团，敌人的数目比我军主力多三四倍，且武器装备要强10倍还不止。

金井一带的山上，都是沙土，稀稀落落的有几棵小杉树，地上草也不多，很不好隐蔽，人趴在山上是暴露在外面的。

敌人集中火力向我们射击，我们因刚与敌人接触，不了解敌人阵地上火力配备情况，便不能马上冲锋。我们大队便迅速地占领了八斗冲一带的小山头，使主力得以展开，同时，以火力侦察敌人的阵地。

打了一阵以后，对敌人的火力了解清楚了，我们沉住气，各自选好了自己的目标。这时，何长工军长把手一挥，喊："同志们，敌人打累了，该我们打了，冲呀！"这样，机关枪与一部分步枪便集中向敌人的阵地射击。当敌人的火力被压下去后，伏在地面上的人便站起来，端着步枪、梭镖，或者挥舞着大刀，一声喊，冲了上去。敌人见来势太猛，招架不住，便放弃阵地逃跑了。

第四、五纵队马上攻占了金盆带、香炉坡，我们大队也攻下了八斗冲敌人的机枪阵地。这一个回合，敌人顽抗失败，我们又缴到了不少的武器。

但是，当我们刚冲上第一线阵地，第二线阵地的敌人便实施了猛烈的反攻。敌人兵力多，火力强，占的地形又比我们有利，再加上我们刚冲上来，还未做好火力配备，因此，敌人一反扑，第四、五纵队只好撤到我们大队的右后方去了。一群敌人冲下来，正好经过我们大队右侧的小山包，我看到了这个形势便说："机枪，对准右侧的敌人，集中火力射击！"机枪手便把两挺机关枪掉过头来"突突突突"地开火，随着枪声，敌人一片一片地往下倒，有的向山下滚去。纵队长何时达站在我大队后面的一个小山上，大声地说："打得好！打得好！同志们，再狠狠打呀！"第四、五纵队的同志们也乘势反攻了。没打死的敌人又退回到战壕里去。右面的敌人虽被打退了，但是我们正面的敌人却乘机冲上来了。"梭镖、手榴弹准备好，敌人不到跟前不许打！"我的话刚说完，敌人的机关枪、步枪便从三面射来，地上的沙土掀起了一丈多高，子弹声呼呼地直叫。敌人冲到我们跟前了。这时，他们的支援火力也停止了，我们便一声喊："杀呀！"红旗一摆，就是一个排子枪与手榴弹，然后梭镖、大刀便跟上来了，我们和敌人展开了肉搏战，我们的梭镖杆子长、刃又快，拼起来比刺刀还厉害。一阵拼杀，敌人退下山去了，可是后面的敌人又向我们开始了集中火力射击。我们所处的这个地势很不好，三面都受敌，又无处隐蔽。为了保存力量，只好自动放弃了这个山头，撤到刚才开始接火的那一条阵线上，不大一会儿，敌人又把八斗冲占领了。

这时，双方的阵势又变成了早晨才接触时的那个样子，第一道战线又被敌人夺回去了，敌人还不断地向我们进攻。敌人打过来，我们打过去；我们打过去，敌人又打过来。八斗冲、香炉坡、墨斗坡、金盆带一线，好像是一付排球的网子，从早晨 8 点至中午 12 点，4 个小时，反复地冲杀了 5 次。

在反复的冲杀当中，敌我双方都有很大的伤亡。敌人比我们的伤亡要大 3 倍。我们受了伤和阵亡了的同志，马上被人从战场上抢下来，敌人那里伤亡了的都没人管。我们第一次冲上八斗山，敌人就在那里扔下了十多具尸首，有的还有点气；第二次冲过去，又增加了 20 多具。每一次冲上去，那里都要增加几十具尸体。

国民党军队打仗，都是当官的在后头。红军打仗却相反，是干部在前，兵在后。第八军第一纵队的党代表郭一清同志牺牲了，纵队长李鄂同志也负了重伤。我们第三纵队的纵队长何时达同志也是在这次战斗中牺牲的。当时打退敌人第五次冲锋以后，何纵队长来到我们的阵地上，他对我说："你怎么样？老吴。""很好哇！"我说，"虽有伤亡，但我们的情绪很高涨。""好！再打一两个回合，就有名堂了。我们趁这个机会吃点饭吧，大家都吃一点，吃得饱饱的好抓俘虏。"说着他便把帽子摘下来，擦了擦脸上的汗，就吃饭。除了监视敌人的人以外，大家都把饭拿出来吃，但是刚吃了一点，敌人便发起冲锋了。何纵队长说："这伙王八蛋，真讨厌，连饭都不让老子好好吃了。走！抓他几个活的来！"说完，他便把帽子往头上一戴，拿起手枪，带头向敌人冲去了。战士们也都跳起来，紧跟着纵队长往前冲。双方刚一接触，纵队长就倒下去了。我跑上前去，把他扶起来，一看，他的肚子"咕嘟咕嘟"直往外冒血。我说："纵队长，你怎么样啦？""不要紧，"纵队长紧紧地抓着我的手，两只眼望着我说，"长沙，我是打不到了。但是，不要紧，我们就要胜利了。我的手枪交给你，你们一定要打到长沙去，替被国民党反动派屠杀了的成千成万的劳苦大众先烈们报仇，同时请你转告彭老总和党代表同志，何时达没有完成党交给他的任务！""纵队长！纵队长！"我喊着。他再也不说话了。我一阵心酸，抬头看着敌人，眼睛都红了，便赶紧派了几个战士，把纵队长抬到后面去，然后拿起他留下的那支枪，向敌人冲去。我大声地喊："同志们，消灭敌人，冲呀！为纵队长报仇！为死难烈士报仇呀，冲呀！"一个猛冲，冲过了两三个小山，把敌人的第二线阵地也冲破了。国民党军队乱作一团，当官的在后面直喊："冲呀！"士兵却往后退。我们占领了一个山头，猛烈地向敌人射击。正打着，听见有人喊大队长，我扭头一看，见是机枪手，他倒在机枪上了。我跑到跟前去，他便死了，他的手里还抓着枪机，鼻子里口里的血顺着机枪筒滴答滴答往下流，我把他扶起来，把他放在地上，我说："好同志，你的血不会白流的，我们会替你报仇的。"我便抓起机枪来打，打得敌人山上山下乱跑乱钻。一连打了100多发子弹，机枪不响了，原来两挺机关枪都出了故障，我们才退下了山头。

我们撤回不久，军部参谋洪超同志上来了。洪超那时只有十八九岁，是一个小知识分子。他背着一支驳壳枪，带着200多名新兵，新兵都没有步枪，每人只有一杆梭镖。我说："洪参谋，你往哪里去？"他说："就到你们这里来参战的呀！""那好，你就把队伍停在这里吧！"当时我想，打了一个上午，部队伤亡很大，正需要有人来补充，这些人来得正好。我便对他们说："同志们，你们愿不愿意拿梭镖换步枪呀？"

他们说："愿意，怎么不愿意？"我说："愿意，就要跟我去冲锋，把敌人打垮了，便有枪背了！"他们大声喊

"好"。我便把他们安置在大队里。因为枪太少，两支枪之间，必须夹三支梭镖，但是，人多了，力量壮大了，斗志更旺盛了。

队伍刚布置好，我们又向前冲去，步枪打了一个排子枪，新战士就拿起梭镖向前冲了一段，再打一个排子枪，又再向前冲一段。新兵同志真是勇敢，加上力气大，跑路又快，三个一群，两个一伙，端着梭镖，紧追着敌人，敌人一见端梭镖的，就拼命地往回跑。

追击到离敌人机关枪阵地 200 米的地方，我们就暂时隐蔽到一个小山头后面休息，这时湘鄂赣边独立师师长邱炳同志带着三个连也到了。邱炳的外号叫"猛子"，打起仗来最喜欢带头冲锋。他把手一招，他的队伍就在我们大队的后面停住了。他说："老吴，前面怎样?""前面是敌人的机枪阵地。"我指着正前方的一个山尖说："起码有四五挺。""让我到跟前去看一看。"说着他就往前走。"你要小心啊!""怕什么，怕死逛不上阎王殿!"说着他便跑出了几十米。他正在前跑着，敌人的机枪便嗒嗒地响了起来，子弹打得他脚下的沙土扑扑直冒烟，眼看着他一个跟头跌倒在地，接着就滚下了山坡。当时我们不由得都喊了一声："哎呀!"但是接着看时，他并没有死，而且已经爬起来，弯着腰从敌人的右侧走过去了。一会儿他便到了敌人的机枪跟前。只见他"啪! 啪"两手枪，敌人的机枪手便被他打死了。他一个箭步蹿上去，抄起机枪，掉过头来，就朝敌群里扫射。敌人被这突如其来的变化弄昏了头脑，只好往后跑。我们看清了，便乘势喊一声"冲呀！"呼啦一下子，把敌人的阵地占领了。这时敌人便像被虎惊了的羊群一样，四散逃跑，我们的战士便满山追捕。拿枪的敌人在前面跑，拿梭镖的红军战士在后面追，那才好看呢！就在这个阵地上，我们缴获了4挺崭新的机关枪，200多支步枪，子弹也得了不少。我们大队40多名拿梭镖的，全部换上了步枪，200名新兵，也都背上了新枪，他们高兴地说："上午端梭镖，下午端快枪！"

敌人的机枪阵地被突破了，他们的整个阵地就被动摇了。我们第八军和独立师，一个猛冲，就把敌人从金井的后山赶了下去，一气追到金井的街上。这时第五军的主力也占领了金井东面的七家冲大山，居高临下，控制了金井整个的敌人。同时，第五军一部也进至金井南面的范林桥、高桥一线，一方面打敌人的增援，另一方面卡住敌人向长沙逃跑的归路。

敌人在金井的整个防线，全部被打垮了，慌忙涉过金井河，由沙田、学士桥、洪水铺、麻林桥一线跑下去。

我们占领了金井街。这条街有几十户人家，二十几家铺子，是长沙到平江的一个大站。街北有个夏家祠堂，院子很大，国民党军在里面扔下了一两百个伤兵。街中间有一个万寿宫，也叫江西会馆，原来是敌人的一个营部，院子里摆着许多行军锅，锅里还有刚煮熟的大米饭、猪肉和牛肉，一揭开锅盖，一股香味便直往鼻子里钻，看了看旁边，还有现成的碗筷。"吃呀，同志们，这是敌人慰劳我们的！"我端起碗招呼大家说。

"不能吃，这里边有毒药。"不知道是谁喊。

我说："鬼！他们跑得还嫌爷老子给他们安的腿太短了，还有工夫下毒？"

"你们怕死，我先吃！"邱炳端起一碗饭便吃。

这时，从庙里的菩萨后面闪出来一个老乡，说："你们放心吃吧，这些都是我亲眼看着做的，保证没有毒药。"

我们每人都盛了一碗饭，盖上了一些肉，边赶边吃，边向国民党军喊："国民党军弟兄们，别走呀！回来吃你们的牛肉呀！"

从金井一气追到春华山，我们第八军就在春华山街上宿了营，第五军也进到了永安市。

金井战斗后，敌危宿钟师被我消灭了一半还要多，把何键当时用于守长沙的一支主力打垮了。红军所到之处政工人员和宣传员就大量地散发传单，写标语，贴布告。不少的群众看到布告上有滕代远的名字，便自动赶来参战，因为马日事变前，滕代远同志在长沙工作过，在群众中威信很高。

27日，部队又取得七里巷大战的胜利。

1930年7月27日这个日子对长沙来说，对红军第三军团来说，都是一个很有意义的日子。在这一天里，我们红军攻进了长沙。我们是在下午5点，由小吴门、四十九标、韭菜园、浏阳门等处陆续进入长沙的。平浏的农民赤卫军，听说长沙已经打开了，他们也在这天天黑的时候赶到了长沙。第八军就驻在韭菜园、小吴门一带。我们进长沙那天晚上，街上未来得及逃跑的小股敌人和散兵游勇还不少，不时听到打枪，一两个人在街上走路都要小心。

进入长沙，缴了许多的枪，光我们大队缴的就堆了一屋子。记得我们大队缴的枪是放在五里牌大樟树底下一个饭铺里。枪收得不少，就是子弹不太多，找到俘虏我们就打听敌人的子弹库在哪里。有一个兵说他知道子弹库在哪里，我们便带了一个中队跟着他去取子弹。子弹库在营盘街附近，我们打开库门一看，一箱箱都是崭新的子弹。这回可发了大财，挑的挑，背的背，扛的扛，一下子就背出十多万发子弹。后来我们每人都"十字披红"般地背两大袋子子弹。

搞了子弹回来，看到一家门口挂着一面白旗，我掏出手枪跑去一看，原来是一个国民党炮兵连表示要投降。出来和我说话的是一个士兵，他自我介绍说他名叫陈云生。我问"你们是哪师的？""十六师。""你们连长呢？""在你们昨晚进城时逃跑了，全连的饷金也被他拿跑了。"我进去一看，果然有几十个人规规矩矩站在那里。院子里放着6门炮，还架着30多支枪。看样子是真投诚的。我便把手枪插在腰里，问他们："你们是真降还是假降？""我们是真心投降。有两个不愿投降的排长都被我们捆起来了。"说着他们便往屋里指，我顺着他们手指的地方一看，果然屋里还捆着两个人，那两个家伙吓得豆粒般大的汗珠在脸上直流。"你们知道吗?"我说,"工农不杀工农,士兵不打士兵,投降者优待,缴械者有赏。"他们齐声应道:"知道!"我们立即收缴了他们的武器,给他们每人发了3块现洋。经过我们的教育、宣传,第二天他们都参加了红军。以后我们就以这些炮为基础,组成了第八军炮营。

国民党军散兵全部被我们扫清了,长沙城的社会秩序很快恢复正常。但那些平时盛气凌人的"洋大人"却不甘心,他们大都退到湘江里的10只兵舰上,窝藏一些匪特,蓄意跟红军为难。白天放特务上街捣乱,夜晚向江岸打探照灯,并在军舰上升起他们的国旗,把炮口指向江岸,企图威胁红军。

群众痛恨帝国主义分子的骚扰,纷纷要求我军采取措施。为了保证长沙的安全,我军团曾要求这些西洋军舰撤离长沙。可是,"洋大人"仗着他们停在湘江的十几条军舰的力量,态度十分傲慢,毫不理睬。

站起来了的长沙人民是不可欺侮的,中国工农红军可不是那向外人卑躬屈膝的国民党军。我军团部在8月1日上午召集了所有外国领事开会,这些"洋大人"还昂着头,满不在乎地走进会场。正好这天是长沙人民和红军庆祝南昌起义三周年的热闹日子。会场上鸣放礼炮,声震天地。这些"洋大人"不知炮从何来,一个个吓得面如土色,一会儿又只见街上人山人海,千万群众列队游行,"打倒帝国主义!"

"外国军舰滚出长沙"的口号声震天动地。接着又见红军战士踏着整齐的步伐，背着乌黑闪亮的步枪，唱着军歌，昂首挺胸地列队前进。"洋大人"们见了这般情景，心里有些害怕，顿时收起了那股嚣张气焰。

这时，红军的代表严肃地警告他们："你们军舰停在江心，常有匪特上下，危害本城安全，一再通知你们离开长沙，你们迟迟不走。红军本当上船搜查匪特，但为防止不必要的冲突，现在再次通知你们，所有的军舰必须于明早 7 点以前离开长沙，否则，我军江防炮兵将采取有效措施。"

"洋大人"们看到了今天中国军民游行的威武场面，又知道红军有着江防炮兵，不是好惹的，他们终于不得不低下了头。英国领事代表各国领事乖乖地接受了红军的命令，然后一个个赔着笑狼狈地回去了。

第二天早晨，在我炮兵的监视下，十几条西洋军舰悄悄地溜走了。沿江的老百姓都走出门来观望，朝着军舰指指笑笑，真是大快人心。

红军进长沙第三天，市场上就恢复了热闹的营商买卖。我军总部公布了关于经营商业的政策，资本家不准投机取巧，许多大商店都挂出了"公平交易""老少无欺"的牌子，物价也稳住了。市民们都说："红军一来到，长沙就太平了。"

记得有几家米商不老实，省苏维埃政府为了保证军民用粮，发布了关于规定谷米油盐最高市价的布告。我们走到北门外，看到很多人挤在一家大粮食公司门口，吵得很厉害。我们立刻跑去看。我问居民们："你们在干什么？""没有米买，我们只好买点面粉。""买面粉为什么要吵？""老板不卖给我们呀！"我跑进去一问，老板满不在乎地望我一眼，说："要买就买一袋，半袋几斤不卖。"我说："群众买不起一袋面，半斤也应该卖。"我再问价格，才知他们的面粉比省苏维埃政府规定的价格高得多。这是公然无视我们革命政权的法令的行为，真把我们气炸了！我严厉地质问老板："红军坚持买卖公平，你们却故意抬高价格。你们看到了今天上午苏维埃政府的通告没有？""通告？我们没有注意苏维埃政府的通告。"老板的态度十分傲慢。"你们一定要执行苏维埃政府的法令！"我见这家伙对苏维埃政府的法令抱顽抗态度，便拔出手枪，严肃地对他说："现在就限令你放低价格，执行零售！""不！面粉价格和不零售面粉，都是我们公司规定的。"老板冷笑一声说，"英国经理没有通知，我们不敢随意变动。"这家伙把"英国经理"四个字说得特别响亮，以为我们跟国民党反动派一样，会被帝国主义势力吓倒。"什么？英国经理？"我一见他这副依仗帝国主义势力的奴才相，不禁怒从心头起，便大声喝道："你这个洋奴才，竟敢倚仗帝国主义的势力欺压中国老百姓，你知道小麦是谁种的？面粉是谁碾的？为什么中国人种的麦、中国人碾的面要听英国人的摆布？"

这时，公司门口的群众都跟着呼喊起来了："我们拥护红军！""外国老板滚出去！"但粮食公司老板还不死心，说："你们要晓得，英国人是不好惹的……"我提高嗓门喝道："我们要打倒一切欺压、剥削中国人民的帝国主义。英国商人不听苏维埃政府的命令，同样依法处决！"我气极了，立即转身对群众说："乡亲们，面粉是我们中国人民对外友好协会的，现在我代表工农红军宣布：全部没收这家不守法的帝国主义粮食公司的面粉，你们排好队伍，每人发 10 斤。"说着，我叫人把那个奴才老板带走，并叫人分发面粉。"好哇，好哇！有红军给我们做主！"群众立即排好队伍，一下午就把这家公司的面粉全部分光。群众都说："红军真好，给我们出了一口大气！"

八角亭是长沙商业最繁盛的地方。当时，就在这个市中心区，暗藏着一支帮会武装，约有 200 人，为首的叫易振湘。这些人虽然没有什么政治觉悟，但与反动统治阶级是对立的。其中大部分人是无家无产的光棍，黑暗的反动社会逼得他们无法生活，他们才拿起武器来夺取生活所需。资产阶级老爷们喊他们为"土匪"。我们进城后，这支帮会武装大受影响。这时，我们的统战工作人员又主动跟他们接触，向他们进行宣传教育，讲革命道理。起先，他们中许多人说："算了吧！我们这帮人得过且过。"后来，他们看到红军个个都有一颗为人民谋幸福的红心，很受感动，有些人开始想到了自己的处境和前途，纷纷主动找红军谈知心话。易振湘也到我军政治部来说："红军来了，我们的前面好像有一条新的道路。"我军统战工作人员因势利导，邀他们五人一群、十人一伙地到红军驻处来聊天。这样，他们更了解红军了，有的还跟红军战士交了朋友。接着，他们终于有人提出参加红军的要求。为了这件事，他们还开过会，争论得很厉害。易振湘虽然是个头目，但他是穷苦人出身，肯于接受新事物。他为人正直，有一身好武艺，弟兄们都拥护他。当他倾向红军时，他也开始向弟兄们宣传红军的革命政策。

8月4日，正是他们准备靠拢红军的时候，国民党反动军队从几面向长沙反扑，敌军刘建绪、陶广等两个师从湘潭直奔长沙，罗霖等两个师从汨罗一带南下，还有王东原的人马也向长沙迫近，情势十分严重。8月5日，敌人已到长沙城下。我军为了保全实力，决定主动撤出长沙，转战平、浏。那天的情况是十分紧急的，大军都到城外杀敌去了，红军政治部机关驻在八角亭。上午，敌人已经冲进城来，南门也有了敌人。我军政治部机关在少数武装保卫下要撤出长沙城是比较困难的。正在危急的时候，忽然在政治部机关门口出现了200多名便衣武装，为首的大汉正是易振湘。他走进我军政治部机关，严肃而慎重地对红军工作人员说："走！我们200多人盟了誓，坚决保卫你们撤出南门。我们跟红军走！"这200多人，都手执长短枪，在向南门冲杀时，表现得十分英勇，他们冒着死伤杀开了一条血路，终于安全地把政治部机关护送出南门。接着，他们又跟红军一起在南门外黄土岭大量杀伤敌人，随后跟红军转战平、浏。这支队伍在战斗中表现了他们革命的决心，后来他们就被光荣地编为我军总指挥部的特务营。